双葉文庫

はぐれ長屋の用心棒

源九郎の涙

鳥羽亮

目次

この作品は双葉文庫のために書き下ろされました。

源九郎の涙　はぐれ長屋の用心棒

第一章　お吟

一

「ねえ、もう一杯、どう」

お吟《ぎん》が、銚子を手にして言った。

「そうか」

華町源九郎《はなまちげんくろう》は猪口《ちよく》を手にした。

源九郎は猪口に酒をついでもらいながら、お吟の横顔に目をやった。お吟の態度はふだんと変わりないが、顔に憂慮の翳《かげ》があった。声にも、いつもの甘えるようなひびきがない。源九郎がいるのは、深川今川町《いまがわちよう》にある小料理屋、浜乃屋《はまのや》だった。小上がりの奥の座敷である。

そこは、客を入れる座敷ではなかった。ふだん、お吟が居間に使っている部屋である。源九郎だけ、特別に入れてくれたのだ。

お吟は、浜乃屋の女将《おかみ》だった。色白の年増《としま》で、なかなかの美人である。亭主はなく、女手一つで浜乃屋を切り盛りしていた。

……何かあったのかな。

源九郎は胸の内でつぶやいたが、お吟に訊《き》かなかった。小料理屋の女将をしていれば、客との間で嫌なこともあるだろう。親しくしている源九郎にも、話せないことがあるはずである。

源九郎は、還暦にちかい老齢だった。武士だったが隠居の身で、いまは長屋の独り暮らしである。源九郎の生業《なりわい》は、貧乏牢人お定まりの傘張りだった。傘張りだけでは暮らしていけず、華町家からの合力で、何とか口を糊していた。そのため、浜乃屋にも滅多に顔を出せなかったのだ。

今日は、倅の俊之介《しゅんのすけ》が、近くを通ったからと言って長屋に立ち寄り、いくらかの金を置いていってくれたので、さっそく浜乃屋に足を運んできたのだ。

源九郎が猪口の酒を飲み干したとき、

「旦那、すぐもどるから、ひとりでやってて」

お吟は立ち上がり、源九郎の顔を見て切なそうな顔をしたが、すぐに障子をあけて座敷から出ていった。

ひとりになった源九郎は手酌で酒を注《つ》いで飲んだが、うまくない。それに、いつもとちがうお吟の態度が気になってしかたがなかった。

客を上げる小上がりで、お吟と男のくぐもった声がぼそぼそと聞こえてきた。ふたりは声をひそめて話しているらしく、何を話しているか聞き取れなかった。

……お吟に、男でもできたかな。

源九郎は、ひどく気になった。

手にした猪口を膳の上に置くと、音のしないようにそろそろと畳を這《は》った。そして、声のする方に近付き、障子に耳を近付けた。

……親分、わたしには無理ですよ。

お吟の声が聞こえた。

お吟が話しているのは、何者か分からないが、親分と呼ばれる男らしい。

……もう、おれは親分じゃァねえ。いっしょに仕事をしているのは、娘と八吉《やきち》って若いやつだけだよ。

男がしゃがれ声で言った。かなりの年配らしい。

ったよ。

……あたし、足を洗って十年以上経つんだよ。もう、昔のことは、忘れてしま

お吟が言った。

……いや、お吟さんならできる。

……無理ですよ。親分には、むかし世話になったことがあるから、できること

はしたいんだけどね。

……それじゃァ、袖返《そでがえ》しを娘に教えてやってくれ。袖返しを身につければ、娘

のお京《きよう》にもできるはずだ。

男が、訴えるような声で言った。

話を聞いていた源九郎は、袖返しという言葉を聞き、この男、掏摸《すり》だ、と胸の

内でつぶやいた。そして、男がお吟の昔のことを知っていることも分かった。お

吟は、若いころ、袖返しのお吟と呼ばれる腕のいい女掏摸だったのである。

袖返しという技は、こうである。まず、狙った相手の背後から近付いて、左肩

で軽く相手に突き当たる。相手が足をとめ、お吟に体をむけた瞬間、

「あら、御免なさい」

とか言って、口許に左手をやりながら頭を下げるのだ。

お吟はそのまま立ち去るが、お吟の左のたもとのなかには、相手の懐から抜き取った財布や巾着《きんちゃく》が入っている。相手は、自分の財布や巾着が抜き取られたことに気付かず、そのまま去っていくのだ。

お吟は、口許に左手を伸ばすのと同時に、左のたもとの下に隠した右手を伸ばし、相手の懐の財布や巾着を抜き取るのだ。そして、抜き取った物を左のたもとに落とすのである。この一瞬の早業《はやわざ》を、袖返しと呼んでいた。そのころ、お吟はまだ十五、六の小娘だったが、掏摸仲間から、袖返しのお吟と呼ばれて一目置かれていたのだ。

そのお吟が、源九郎の懐を狙った。当時、源九郎はまだ御家人で、相応の身装《みなり》をしていた。それに、源九郎はどことなく茫洋《ぼうよう》としたしまりのない顔付きをしていたので、お吟の目にはいい鴨《かも》に見えたのかもしれない。

源九郎が賑やかな両国広小路《ひろこうじ》から人通りのすくない大川端の通りに出たとき、お吟が仕掛けた。

お吟は背後から近付き、左肩で源九郎の右の上腕に突き当たった。

驚いた源九郎が足をとめ、お吟の方に体をむけた瞬間、お吟の右手が源九郎の懐に伸びて財布をつかんだ。

だが、源九郎の動きの方が迅《はや》かった。財布をつかんだお吟の右腕を、源九郎がムズと摑《つか》んだのだ。源九郎は、一見茫洋とした頼りげないところがあったが、鏡《きよう》新明智流《しんめいちりゆう》の達人だったのである。

源九郎は子供のころ、鏡新明智流の道統、桃井春蔵《もものいしゆんぞう》の士学館《しがくかん》に入門した。源九郎は熱心に稽古し、しかも剣の天稟《てんぴん》もあったらしく、俊英と謳《うた》われるほどの遣い手になった。ところが、師匠のすすめる旗本の娘との縁談を断って、道場に居辛くなった。ちょうどそのころ、父が病で倒れ、華町家を継いだこともあって、道場をやめてしまったのだ。

その後、源九郎は自分なりに剣術の稽古をつづけたが、特に剣名を上げることもなくいまに至っている。

源九郎はお吟の右腕をつかむと、そのまま川端まで連れていった。そして、町方に渡そうか放免しようか迷っていたときに、お吟の父親の栄吉《えいきち》があらわれた。

栄吉は、二度と娘に掏摸はさせないことを源九郎に話してから、

「娘が、また馬鹿な真似をしたら、あっしのこの指と娘の指を切ってお武家さまにお届けしやす」

と、己の右手の指を見せて訴えたのだ。

栄吉も、中抜《なかぬき》の栄吉と呼ばれる掏摸だった。中抜というのは、財布の中身だけ抜いて、相手が気付かないうちに財布を懐にもどすという神技だそうだ。

源九郎は栄吉の話を聞き、お吟を放免した。源九郎も、できればお吟を町方に引き渡すような面倒なことをしたくなかったのだ。

その後、栄吉とお吟は掏摸の足を洗い、深川今川町で小料理屋、浜乃屋をひらいたのである。そうした経緯があって、源九郎は今川町に足をのばしたとき、浜乃屋に立ち寄って酒を飲むことがあったのだ。

その後、栄吉は掏摸だったころの仲間の争いに巻き込まれて命を落とし、いまはお吟が浜乃屋の切り盛りをしていた。

いま、障子のむこうで、お吟は源九郎の知らぬ男と袖返しの話をしていた。お吟が親分と呼んだところからみて、話している男は、掏摸の親分のようだ。

……親分、悪いけど、あたし、もう足を洗って長いんですよ。

お吟が、申し訳なさそうな声で言った。

いっとき、障子のむこうから声が聞こえず、重苦しい沈黙につつまれているようだったが、

……仕方ねえ。おれたちだけでやろう。

と、男のがっかりしたような声が聞こえた。

それからしばらくして、男の立ち上がる気配がした。そのまま、男は店から出ていったようだ。

お吟は男を送り出した後、源九郎の許にもどってきたが、いつものお吟とちがって、ひどく沈んでいた。

そして、源九郎を送り出すとき、

「旦那、また来てくださいね」

と涙声で言って、両手で源九郎の手を包むように握り、胸に押し当てた。そして、何か言いたそうな顔をしたが何も言わず、そっと源九郎の手を離した。

「お吟、おれにできることがあったら、いつでも長屋に来てくれ」

源九郎はそう言い置いて、浜乃屋の戸口から離れた。

二

源九郎が目を覚ますと、軒先に雨垂れの音がした。

何時《なんどき》ごろであろうか。部屋のなかは薄暗かった。源九郎は起きる気がしなかったが、腹が減っていたので夜具から身を起こし、小袖に着替えた。

そこは、本所相生町《あいおいちょう》にある伝兵衛店《でんべえだな》という棟割り長屋である。源九郎は、その長屋に独りで暮らしていたのだ。

伝兵衛店は、界隈《かいわい》ではぐれ長屋と呼ばれていた。源九郎のような独り暮らしの年寄り、食い詰め牢人、その日暮らしの日傭取《ひようと》り、大道芸人など、はぐれ者が多く住んでいたからである。

アアアッ、と源九郎は両手を突き上げて伸びをした後、流し場にいき、柄杓《ひしゃく》で水瓶《みずがめ》の水を汲んで飲んだ。冷たい水が、空きっ腹にしみるようだった。

「さて、めしだが、どうするな」

そう、源九郎がつぶやいたとき、ピシャ、ピシャ、と水溜まりのなかを歩いてくる足音がした。

……来たな！

源九郎は胸の内で声を上げた。

菅井紋太夫《すがいもんだゆう》にちがいない。菅井も、はぐれ長屋の住人である。菅井は無類の将棋好きだった。雨が降ると決まって、源九郎の許に将棋を指しにやってくるのだ。

菅井は、ふだん両国広小路で居合抜きの大道芸を観せて口を糊していたが、雨の日は見世物に出られないので、源九郎のところに将棋を指しにやってくるのだ。菅井もはぐれ者のひとりである。

見世物の大道芸とはいえ、菅井の居合は本物だった。菅井は、田宮流《たみやりゅう》居合の達人だったのである。

足音は戸口でとまり、

「華町、起きてるか」

と、菅井の声が聞こえた。

「起きてるぞ」

「華町にしては、早いな」

すぐに腰高障子があいて、菅井が顔を出した。

菅井は傘を右手に持ち、左手で大きな風呂敷包みをかかえていた。菅井は敷居を跨《また》ぐと、傘を土間の隅に置き、風呂敷包みをかかえたまま座敷に上がってきた。

菅井は五十がらみだった。総髪が肩まで伸びている。面長で頬《ほお》がこけ、顎《あご》がとがっていた。その顔に濡れた髪が垂れ下がり、頰に張り付いていた。まるで、雨に濡れた貧乏神のようである。

菅井は座敷のなかほどに腰を下ろし、

「華町、めしは食ったか」

と訊いてから、風呂敷包みを引き寄せた。

「まだだ」

「いっしょに、食うか」

そう言って、菅井は風呂敷包みを解いた。

飯櫃《めしびつ》、将棋盤、将棋の駒の入った小箱が、つつんであった。菅井は飯櫃を脇にずらしてから、将棋盤と小箱を膝先に置いた。

「将棋か」

「雨が降れば、将棋と決まっている。……握りめしを食いながらな」

そう言って、菅井は飯櫃の蓋《ふた》をとった。

にぎり飯が四つ。それに、薄く切ったたくわんが小皿に載せてあった。源九郎の分も用意したらしい。

菅井も独り暮らしだが、源九郎とちがって几帳面《きちようめん》なところがあり、仕事に出られない日も、ふだんと同じように早く起きて飯を炊くのである。

「さァ、将棋だ」

菅井は、さっそく駒を将棋盤の上に置いた。

「おれは、握りめしをいただくぞ」

源九郎は、すぐに飯櫃の握りめしに手を伸ばした。

源九郎が握りめしを頬ばっていると、

「おい、華町、駒を並べろ。握りめしは後だ」

菅井が渋い顔をして言った。

「そうだったな」

源九郎は、慌てて左手で駒を並べだした。

「さァ、やるぞ」

菅井が意気込んで、盤の上の駒に手を伸ばしたときだった。

戸口に近付いてくる下駄《げた》の音がし、「華町の旦那、いやすか」という茂次《しげじ》の声がした。茂次もはぐれ長屋の住人である。

茂次は刀槍《とうそう》の研屋に弟子入りしたのだが、師匠と喧嘩して飛び出してしまった。いまは裏路地や長屋などをまわって包丁や鋏《はさみ》などを研いで暮らしをたてているが、雨が降ると仕事に出られない。茂次も、その道から挫折したはぐれ者のひとりである。

「やってやすね」

茂次は勝手に座敷に上がってきて、将棋盤の脇に腰を下ろした。

「おい、将棋を見に来たのか」

源九郎が訊いた。

茂次には、お梅《うめ》という女房がいた。仕事に出られない日も、ふだんと変わりなく起きて、お梅が支度した朝めしを食って家でくつろいでいるはずである。何かあって、源九郎の家に顔を出したようだ。

「将棋を見にきたわけじゃァねえ。華町の旦那に、話しておいた方がいいかと思いやしてね」

「なんだ」

茂次が声をあらためて言った。

「一ツ目橋の近くで、ふたり殺されてるんでさァ」

一ツ目橋は、竪川《たてかわ》にかかる橋だった。大川につながっている川で、大川の近くから一ツ目橋、二ツ目橋、三ツ目橋……と、順につづいていた。

源九郎たちの住むはぐれ長屋は、竪川沿いにひろがる本所相生町一丁目にあった。一ツ目橋の近くである。

「ふたりな」

菅井が将棋盤を睨むように見すえ、気のない声で言った。菅井にとっては、人殺しより、将棋の方が大事なのであろう。

「若い娘と男でさァ」

茂次によると、長屋の者が話しているのを耳にし、現場が近いので行ってみたという。

「長屋の者では、あるまいな」

源九郎が訊いた。

「長屋の者じゃァねえが、死んだふたりのそばに、お吟さんがいやしてね。知り合いらしく、殺されたふたりに声をかけてたんでさァ」

「なに！　お吟が、いたと」

源九郎の脳裏に、十日ほど前、浜乃屋でお吟と会ったときのことがよぎった。殺されたふたりは、お吟の知り合いかもしれない。

源九郎は手にした将棋の駒を盤の上に置いた。将棋どころではない。

「は、華町、将棋はどうするんだ、将棋は」

菅井が声をつまらせて言った。

「将棋は後だ」

すぐに、行かねばならない、と源九郎は思った。

「握りめしも、残っているぞ」

菅井がうらめしそうな顔をして言った。

「にぎり飯も後だ。すぐに、行く」

源九郎は、立ち上がった。そして、部屋の隅に置いてあった大刀を手にして土間へ下りた。

「将棋は後か……」

菅井は恨めしそうな顔をして立ち上がると、茂次といっしょに源九郎の後につづいた。

三

雨は上がっていた。空にひろがった雲の切目に、淡い陽の色があった。晴れてくるかもしれない。

源九郎、菅井、茂次の三人は、竪川沿いの通りに出た。

「旦那、あそこだ」

茂次が指差した。

竪川にかかる一ツ目橋のたもと近くに人だかりができていた。通りすがりの野次馬が多いようだが、はぐれ長屋の住人もいるようだ。話を聞いて駆け付けたのだろう。

源九郎たちが人だかりのそばまで行くと、「華町の旦那だ」「菅井の旦那も、いっしょだぞ」などという声が聞こえ、ひとだかりが割れて道をあけた。声を上げたのは、はぐれ長屋の住人たちらしい。

竪川の岸際に、ふたり倒れていた。男と女のようだ。ふたりの着物が、血に染まっている。

倒れているふたりのそばに、お吟が立っていた。脇にいる初老の男が、倒れている女のそばに屈《かが》んでいた。倒れている女は、若い娘のようである。

「お吟、どうした」

源九郎が声をかけた。

お吟は振り返り、源九郎の顔を見ると、

「む、娘さんが……」

と、声をつまらせて言った。顔が蒼《あお》ざめ、体が顫《ふる》えている。

お吟の声で、脇に屈んでいた初老の男が、顔を上げて源九郎を見た。男の顔は悲痛にゆがみ、肌が血の気のない土気色《つちけいろ》をしていた。握りしめた両拳が、わなわなと震えている。殺された娘の父親ではあるまいか。

「知り合いか」

源九郎がお吟に訊いた。

「は、はい……」

「ふたりは、斬られたようだな」

そう言って、源九郎は、まず倒れている娘の脇に屈んだ。

娘は刃物で首を斬られていた。激しく出血したらしく、娘の首から胸にかけて血に染まっていた。付近の地面にも、大量の血が飛び散っている。

源九郎は傷を見て、すぐに鋭利な刃物で斬られたことが分かった。ただ、刀か匕首《あいくち》か判断できなかった。

「お吟、娘の名は」

「お京さんです」

源九郎が小声で訊いた。

「お京か」

源九郎は、浜乃屋で耳にした名を思い出した。お吟と話していた男が、お京という名を口にしたのだ。

……ここにいる男は、お京の父親かもしれぬ。

と、源九郎は思った。

それに、この男は掏摸の親分らしい。浜乃屋で、男はお吟に、袖返しを教えてくれ、と頼んでいた。しかも、お吟は、その男のことを親分と呼んでいたのだ。

源九郎は立ち上がると、お吟の耳元に顔を寄せ、

「もうひとり、そこで殺されている男は」

と、声をひそめて訊いた。

「八吉さんです」

お吟も、源九郎にだけ聞こえる声で言った。

「八吉か」

源九郎は、浜乃屋で八吉の名も聞いていた。お吟と話していた男が、八吉という名を口にしたのだ。

お吟は、無言でうなずいた。

源九郎はお京のそばに屈んでいる初老の男に目をやり、

「そこにいるのは、だれだ」

と、声をひそめて訊いた。

お吟はすぐに応えず、戸惑うような顔をしたが、

「猪七《いしち》さんです」

と、源九郎の耳元に口を寄せて言った。

源九郎は、猪七という名に覚えがなかった。

「むこうの死骸《ほとけ》も、見てみるか」

そう言って、源九郎はすこし離れたところに横たわっている八吉の死体のそばに歩を寄せた。

お吟は、黙って源九郎についてきた。源九郎とすこし離れたところで、お京の死体に目をやっていた菅井と茂次も八吉の死体に近付いてきた。

八吉は、仰向けに倒れていた。目を見開き、口をあんぐりあけたまま死んでいた。肩から胸にかけてどす黒い血に染まっている。

「こ、これは！」

源九郎は息を吞んだ。

凄絶《せいぜつ》な死体だった。八吉は肩から胸にかけて斬られ、赭黒《あかぐろ》くひらいた傷口から

截断《せつだん》された鎖骨が白く覗《のぞ》いていた。

「刀で斬られたようだ」

源九郎の脇にいた菅井が言った。菅井の細い目に、切っ先のような鋭いひかりが宿っている。剣客らしい面構えである。

「剛剣だな」

源九郎の顔もけわしかった。

源九郎は倒れている八吉の傷を見て、下手人は剛剣の主とみたのである。

「遣い手だぞ」

菅井が言った。

「そのようだ」

源九郎は、お京と八吉を斬った者は別人とみた。切り口がちがうのだ。ふたり以上の者で、お京と八吉を襲ったのだろう。

そのとき、ふたりの死体のまわりに集まっている者たちの間から「八丁堀の旦那だ！」「手先もいっしょだぞ」という声が聞こえた。

見ると、八丁堀同心が数人の手先を連れて、足早にやってくる。八丁堀同心は、小袖を着流し、羽織の裾《すそ》を帯に挟む巻羽織と呼ばれる独特の格好をしているので、それと知れるのだ。源九郎は、近付いてくる八丁堀同心を知らなかった。

源九郎は、お吟に身を寄せ、

「お吟、殺されたふたりのことは、口にするな」

と、念を押した。ふたりが掏摸と知れたら、お吟の身にも、町方の探索の手が伸びるかもしれない。むろん、猪七が八丁堀同心に殺されたふたりやお吟のことを口にすることはないだろう。

お吟は、顔をけわしくしてうなずいた。

四

「お吟、長屋に寄っていけ」

源九郎が、お吟の耳元でささやいた。

お吟は源九郎に目をやり、無言でうなずいた。

八丁堀同心は、殺されたふたりの検屍《けんし》を始めていた。同行した手先たちに近所で聞き込みにあたるよう指示したらしく、岡っ引きや下っ引きたちが、集まっている野次馬や通行人から話を聞いている。

猪七はお京と八吉から離れ、野次馬を装って人垣の後ろにいた。殺されたふたりの正体が知れるのを恐れたのだろう。

源九郎とお吟は、その場から離れ、はぐれ長屋に足をむけた。菅井と茂次が、源九郎たちについてきた。

菅井たちは、お吟が長屋に来ることを何とも思っていなかった。お吟は、ちょくちょく長屋に顔を出し、菅井や茂次とも親しくしていた。それに、菅井や茂次も、浜乃屋に顔を出すことがあったのだ。

源九郎たちは長屋にもどると、座敷に腰を落ち着けたが、さすがに菅井も将棋を指す気は失《う》せたらしく、残っていた握りめしを平らげると、

「これから、広小路へ出かける」

と言って、腰を上げた。

雨はやみ、晴れ間から陽が射していた。両国広小路は近いので、これから居合の見世物に出かけても稼ぎになるだろう。

「あっしも、仕事に出かけやすか」

茂次も立ち上がった。一日中、長屋でくすぶっているより、仕事に出た方が気が晴れるにちがいない。

お吟は源九郎とふたりだけになると、

「旦那、お茶を淹《い》れましょうか」

と言って、腰を上げようとした。

お吟は、父親の栄吉とともに掏摸仲間の争いに巻き込まれたとき、敵対する掏摸たちから身を守るために、はぐれ長屋に身を隠し、源九郎の家に寝泊まりしたことがあった。そのとき、お吟は長屋の住人たちとも親しくなったのだ。

「いや、茶はいい。それより、お吟に訊きたいことがあるのだ」

源九郎が言うと、お吟は座りなおした。

「お吟、お京と八吉を殺した者に、心当たりはないのか」

源九郎が声をあらためて訊いた。

「心当たりと言われても……」

お吟は、困惑したような顔をして言葉を濁した。

「お吟、隠すな。……猪七は掏摸ではないのか」

「どうして、旦那が」

お吟が、驚いたような顔をして訊いた。

「浜乃屋にいたとき、お吟と話していた男が、袖返しと口に
だ。それで障子の隙間から覗くと、今日会った猪七だった」

源九郎は、障子の間から覗かなかったが、分かりやすくそう言ったので

「旦那には、隠さずに話すわ。……猪七さん、あたしのおとっつァんの兄
ったの。久しく会ってなかったけど、いまも掏摸をつづけてるんです」

お吟によると、猪七は親分と呼ばれているが、子分は殺された八吉と泉吉《せんきち》と
う男しかいないという。

「泉吉は、どこにいる」

源九郎が訊いた。

「あたし、泉吉さんのことは知らないの」

「殺されていたお京は、猪七の娘だな」

源九郎が念を押すように訊いた。

「そうです。……若いのに、かわいそう」

お吟が涙ぐんだ。

「それで、お京と八吉を殺したのは、何者だ」

「あたしには、分からない」

「ところで、猪七だが、浜乃屋に何しにきたのだ」

源九郎が声をあらためて訊いた。

「そ、それは……」

お吟が、声をつまらせた。顔に困惑の色が浮いている。

「お吟、おれには隠さず話してくれ。おれとおまえは……、な、長い、付き合いではないか」

源九郎の顔が赤くなった。口から、他人ではないのだ、と出かかったが、慌てて長い付き合いと言い直したのだ。

源九郎は、一度だけお吟を抱いたことがあった。だからといって、他人ではないなどと口にはできなかった。還暦にちかい長屋暮らしの年寄りと、お吟のような粋な年増では釣り合いがとれない。それに、お吟には、相応《ふさわ》しい男と夫婦になり、子供を産んで幸せな一生を送って欲しい、と源九郎は願っていたのだ。

お吟は、膝をずらせて源九郎に身を寄せると、

「あ、あたし、旦那のこと、他人とは思えないんだよ」

と、涙声で言った。

「お、お吟……」

源九郎はお吟を抱き締めたい衝動にかられたが、グッと堪《こら》え、

「猪七は、浜乃屋に何しにきたのだ」

と、声をあらためて訊いた。

「あたしに、頼みがあって」

「どんな、頼みだ」

「男の財布を、袖返しで抜いてくれって頼まれたんだけど、あたし、もうできないって断ったんです。……そしたら、娘に袖返しを教えてくれって」

お吟が眉《まゆ》を寄せて言った。

「それで、どうした」

源九郎も、それらしいやり取りを聞いていた。

「あたし、教えるのも断ったんです。そ、それで、お京さん、自分の技で男の財布を抜こうとして、失敗したのでは……」

お吟が、顔をこわばらせた。お京が死んだのは、自分のせいだと思っているのかもしれない。

「お京と八吉はふたりで、男の財布を抜こうとして失敗し、その後殺されたのではないかな」

「そうかもしれない」

お吟は、肩を落とした。

「うむ……」

　源九郎が口をとじると、お吟も膝先に視線を落としたまま黙っていたが、何か思いついたように顔を上げ、

「旦那、明日、浜乃屋に来て」

　と、源九郎に縋《すが》るような目をむけて言った。

「い、行ってもいいが」

　源九郎は口ごもった。行きたいが、銭がない。

「あたしが、ご馳走するから。……猪七さんが、店にくるかもしれないの。旦那に会ってほしいのよ」

　お吟によると、竪川沿いで猪七と会ったとき、お吟さんに、あらためて頼みがある、と言われたという。

「お吟のためだ。おれにできることはやろう」

　源九郎は、お吟に他人と思えない、と言われたこともあり、お吟のためなら何でもやる気になっていた。

五

猪七は、なかなか姿を見せなかった。

源九郎は、浜乃屋の小上がりの奥の座敷にいた。お吟は、小上がりで猪七が来るのを待っている。

源九郎が、猪七は来ないのではないか、と思い始めたとき、浜乃屋の戸口の格子戸があく音がし、「猪七さん、待ってたよ」というお吟の声が聞こえた。

戸口で、猪七とお吟のやり取りが聞こえた後、源九郎のいる座敷の障子があいて、お吟と猪七が姿を見せた。

猪七は座敷に入るとすぐ、源九郎に頭を下げ、

「昨日、旦那の姿を一ツ目橋のたもとでお見掛けしやした」

と、くぐもった声で言った。

猪七の顔が、悲痛と困憊《こんぱい》に覆われていた。昨夜、眠ってないのだろう。

「ここに腰を下ろしてくれ」

源九郎が、膝先に手をむけた。

「へい」

猪七は、源九郎の前に座り直した。

「いま、お酒の支度をしますから」

そう言って、お吟が立ち上がろうとすると、

「お吟さん、待ってくれ。あっしは、酒を飲む気になれねえ。……あっしと旦那の話が終わったら、旦那に出してくれ」

猪七が、かすれ声で言った。

「わしも、酒はいい」

源九郎も、いまは酒を飲む気になれなかった。

お吟は、「そうですね」と小声で言って、源九郎の脇に腰を下ろした。

「一ツ目橋のそばで殺されていたのは、おまえの娘だそうだな」

源九郎が切り出した
「へ、へい……。かわいそうなことをしやした」

猪七は歯を嚙み締め、込み上げてきた悲しみに耐えているようだったが、

「あっしらのような者は、人前で親子であることも名乗れねえんでさァ」

そう言って、顔をゆがめた。

おそらく、猪七は昨日も八丁堀同心や岡っ引きに対し、殺されたお京とは他人

のような顔をしていたのであろう。親子を名乗り、殺された事情を話せば、掏摸であることが知れるからだ。

「わしは、お吟がこの店をひらく前、何をしていたか知っている。……おまえも、気にせずに話してくれ」

「へい」

猪七は、お吟に目をむけてうなずいた後、

「旦那に頼みがありやす」

と言って、懐から巾着を取り出した。

「ここに、五十両ほどありやす。あっしの金を掻《か》き集めてきやした。これで、お京と八吉の敵を討ってくだせえ」

猪七は、手にした巾着を源九郎の膝先に置き、額が畳につくほど深く頭を下げた。

「話を聞いてからだな」

猪七は、お吟から源九郎たちのことを訊いて五十両ほどの金を工面して持ってきたようだ。猪七にとっては、大金だったにちがいない。

源九郎たちは、これまで無頼牢人に脅された商家の用心棒をしたり、勾引《かどわ》かされた御家人の娘を助け出したりして礼金をもらっていた。それで、源九郎たちのことをはぐれ長屋の用心棒などと呼ぶ者がいたのである。

「その前に、事情を話してくれ。……猪七は、お吟に袖返しで男の財布を抜くように頼んだそうだが、その男というのは、だれだ」

「次郎造《じろぞう》ってえ、巾着切りでさァ」

巾着切りとは、掏摸のことである。

「どういうことだ」

お吟の使う袖返しは、掏摸の技である。掏摸が、掏摸の財布を掏れということはどういうことであろうか。

「旦那には話しづれえが、あっしらは両国広小路や柳橋《やなぎばし》辺りを縄張《しま》にして、仕事をしてやす。……ところが、深川を縄張にしている般若《はんにゃ》の五兵衛《ごへえ》ってえ掏摸の元締めが、両国や柳橋に配下の巾着切りを何人も送り込んできて、仕事をするようになったんでさァ」

五兵衛は左の二の腕に、般若の入墨があることから、般若の五兵衛と呼ばれるようになったそうだ。

五兵衛は掏摸の親分だったが、ちかごろは掏摸を束ねているだけでなく、賭場《とば》もひらいているという。

「それで、どうした」

源九郎は、話の先をうながした。

「五兵衛は、あっしらにも、両国で仕事するなら場所代《しょばだい》を払えと言い出したんでさァ。あっしは断り、後から来たてめえらこそ、払えと言ってやったんで」

猪七が、怒りに声を震わせて言った。

「もっともだな」

源九郎は、掏摸の世界のことにくわしいわけではなかったが、五兵衛のやり方はあまりにも理不尽だと思った。

「そうしたら、五兵衛が同じ巾着切りなら、腕で白黒付けようと言い出したんでさァ。……あっしは、その話を承知しやした」

猪七は、五兵衛一家と喧嘩になったら相手にならないと思ったそうだ。

猪七によると、味方は娘のお京、若い八吉、それに、年寄りの泉吉がいるだけで、まともに五兵衛たちとやりあったら、勝負にならないという。五兵衛も、猪七の仲間はわずかしかいないと知って、両国に乗り込んできた節があるそうだ。

「巾着切りの腕で、勝負をつける、とはどういうことだ」

源九郎が訊いた。

「あっしの手の者が、子分の次郎造の巾着を抜くんでさァ。次郎造の懐からうまく巾着を抜き取ればあっしらの勝ちで、五兵衛は両国から手を引くと言いやした」

猪七がそこまで話すと、黙って聞いていたお吟が、

「それで、あたしに袖返しで、巾着を掏るように頼んだんだね」

と、口をはさんだ。

「お吟さんの、袖返しなら、うまくいくとみたんでさァ」

「無理だよ。……猪七さん、この手を見てごらん」

お吟は、両手をひらいて猪七に見せた。

「水仕事をつづけてるから、手が荒れてるだろう。これじゃァ、相手の懐に手も入れられないよ」

「そうか」

猪七は、肩を落とした。

「それで、お京と若い八吉とで、次郎造の巾着を狙ったわけか」

源九郎が言った。

「へい……」

「それで、どうした」

「次郎造たちは巾着を抜かれる前に、お京と八吉を襲って斬り殺してしまったんでさァ」

猪七の顔が、憤怒にゆがんだ。

「五兵衛が、次郎造という男から巾着を抜くよう持ち出したのは口実だったようだな。五兵衛は初めから、お京や八吉を斬り殺すつもりだったのではないか」

源九郎が、八吉を斬ったのは腕のたつ武士であることを話した。

「やろう！　汚ねえ真似しやがって」

猪七が怒声を上げた。

「旦那、あたしからも頼むよ。お京さんと八吉さんの敵を討っておくれ」

お吟が、源九郎に縋るような目をむけた。

「やってみよう」

源九郎は、膝先に置いてあった五十両ほど入った巾着をつかんだ。ずっしりと重い。小判ではなく、一分銀や一朱銀が入っているようだ。

六

源九郎は浜乃屋に出かけた翌日、茂次に頼んで仲間たちを亀楽《きらく》に集めてもらった。亀楽は、本所松坂町《まつざかちょう》にある縄暖簾《なわのれん》を出した飲み屋である。

源九郎たちは、何かあると亀楽に集まって話すことが多かった。それというのも、亀楽ははぐれ長屋から近いうえに酒代が安かった。それに、長時間居座っても、文句ひとつ言われなかった。

あるじの元造《もとぞう》は、寡黙で愛想など口にしたことはなかった。それでも、源九郎たちが頼めば、店を貸し切りにもしてくれた。他人の耳に入れたくないような話をするときは、都合がよかったのだ。

飯台を前にして、源九郎たちは腰掛け代わりの空樽に腰を下ろした。顔をそろえたのは、七人である。源九郎、菅井、茂次、孫六《まごろく》、平太《へいた》、三太郎《さんたろう》、それに最近長屋に越してきて、源九郎たちの仲間にくわわった安田十兵衛《やすだじゅうべえ》である。

「おしずさん、肴《さかな》はあるものでいいぞ」

源九郎が、店の手伝いをしているおしずに頼んだ。おしずは平太の母親で、はぐれ長屋から通いで亀楽の手伝いに来ていたのだ。

先にとどいた銚子と猪口が、男たちの前に行き渡ったとき、

「華町の旦那、一ツ目橋のたもとで、殺されたふたりの件ですかい」

と、茂次が訊いた。

「そうだ。ともかく、一杯、飲んでくれ。話はそれからだ」

源九郎は銚子を手にすると、隣に腰を下ろした孫六に、

「孫六、さァ、飲んでくれ」

そう言って、銚子をむけた。

「ありがてえ。こうやって、みんなで飲む酒は旨《うめ》えからな」

孫六が、糸のように目を細めて言った。

孫六は無類の酒好きだったが、いっしょに住んでいる娘夫婦に気兼ねして長屋では飲まないようにしていた。それで、亀楽で源九郎たちと飲むのを楽しみにしていたのだ。

孫六は還暦を過ぎた年寄りである。はぐれ長屋に越してくるまでは、番場町《ばんばちよう》に住んでいて、番場町の親分と呼ばれた腕利きの岡っ引きだった。ところが、中風を患い、すこし足が不自由になったために隠居して、娘夫婦の住むはぐれ長屋に越してきたのである。

その場に集まった男たちが酒を注ぎ合っていっとき飲んでから、

「一ツ目橋のたもとで殺された、娘と若い男のことを知っているな」

と、源九郎が口火を切った。

「知ってやす」

茂次が言うと、他の五人もうなずいた。

「実は、殺されたふたりはお吟の知り合いなのだ」

源九郎は、様子をみて話すつもりだったが、殺されたふたりが掏摸であることは伏せておいた。

「殺された娘はお京という名でな、父親の猪七という男から、娘の敵を討ってくれと頼まれたのだ」

源九郎がそう話したとき、黙って聞いていた菅井が、

「お吟も、殺されたふたりのことを知っているようだったが、どういうかかわりなのだ」

と、訊いた。顎がしゃくれ、細い目のつり上がった顔が、酒気を帯びて赤らんでいた。般若を思わせるような不気味な顔である。

「わしも、くわしいことは知らぬが、むかし、お吟の父親とかかわりのあった男らしいな」

菅井は、お吟の父親が掏摸だったことを、知っているかもしれない、と源九郎は思った。だが、菅井は何も言わなかった。

「殺された男は、なんてえ名です」

茂次が訊いた。

「八吉だ」

「すると、お京と八吉を斬った者を見つけ出して、敵を討ってやればいいのだな」

安田がそう言って、手にした猪口の酒を飲み干した。

安田は大酒飲みで、長屋の住人たちから陰で飲兵衛十兵衛と呼ばれている。安田は御家人の冷や飯食いだったが、家に居辛くなって飛び出し、長屋の独り暮らしを始めたのである。

安田にはこれといった生業はなく、近所の口入れ屋に出入りし、普請場や桟橋での荷揚げなどの力仕事を世話してもらって口を糊していた。他の六人と同じようにはぐれ者だが、一刀流《いっとうりゅう》の遣い手である。

「お京たちの敵を討ってやれば、いいのだが……」

源九郎は語尾を濁した。お京と八吉を斬り殺した者を討っただけでは、始末はつかないと源九郎はみていた。

お京たちを斬った者たちの背後には、般若の五兵衛という親分がいる。五兵衛を討たなければ、両国や柳橋の縄張は守れないし、お京たちの敵を討ったことにもならないだろう。

「いずれにしろ、おれたちは、お京と八吉を殺した者を見つけ出して、斬ればいいのだな」

　菅井が、低い声で言った。

「そうだ」

「ヘッヘヘ……。それで、お手当ては」

　孫六が、首をすくめながら訊いた。これまでも、源九郎たちは相応の報酬を得て、依頼された仕事をしてきたのである。

「ここに、五十二両ある」

　源九郎は懐から巾着を取り出した。猪七から巾着ごと貰《もら》った後、ひとりになったときに数えてみると、一分銀と一朱銀とで、五十二両あったのだ。猪七は有り金のすべてを巾着に入れて、源九郎に渡したらしい。

「ご、五十二両……！」

　孫六が目を剝《む》いた。

　茂次、平太、三太郎の三人も、驚いたような顔をして源九郎の手にした巾着を見つめている。

これまで、源九郎たちは、依頼金や礼金として百両の大金を手にしたこともあった。それでも、五十二両ははぐれ長屋に住む者たちにとっては大金である。

「猪七の依頼を引き受けることになれば、この金は七人で分けることになるが、どうするな」

源九郎たちは金の多少にかかわらず、七人で等分に分けてきたのだ。

「やりやす！」

孫六が声を上げた。

すると、茂次、平太、三太郎の三人が口々に、「おれもやる」「あっしも、やりやす」などと言い出した。

「おれもやるぞ」

安田が言うと、菅井は猪口を手にしたまま無言でうなずいた。

「これで、決まった。では、五十二両を分けるとするが、どうだな、ひとりあたり七両ずつで。……三両残るが、今夜の飲み代にすればいい」

「それでいいぞ」

菅井が言うと、他の五人がいっせいにうなずいた。

源九郎は巾着をひらき、なかから一分銀や一朱銀をつまみ出し、男たちの前に七両ずつ置いた。

源九郎は六人が、それぞれの巾着や財布に分け前をしまうのを見てから、

「今夜は、飲もう！」

猪口を手にして、声を上げた。

七

源九郎たちが、亀楽で飲んだ翌日だった。

源九郎は、長屋の家で小袖のまま寝ていた。昨夜、夜具を敷くのが面倒だったので、小袖のまま横になり、掻巻《かいまき》を腹の上に載せただけで眠ってしまったのだ。

「旦那！　旦那！」

と呼ぶ声で、源九郎は目を覚ました。

長屋に住むお熊《くま》の声である。

お熊は、源九郎の家の斜向《はす》かいに住んでいた。助造《すけぞう》という日傭取りの女房である。子供はなく、夫婦ふたりで暮らしている。

お熊は四十過ぎで、樽のように太っていた。がらっぱちで、口も悪い。ただ、

世話好きで、心根はやさしかった。独り暮らしの源九郎を心配して、余り物の煮染やめしなどを持ってきてくれたりした。

「どうした、お熊」

源九郎は、身を起こして声をかけた。

すると、戸口の腰高障子が勢いよくあき、お熊が顔を出した。

「まだ、寝てたのかい」

お熊が、源九郎を見て呆《あき》れたような顔をした。

源九郎は立ち上がり、捲《まく》れた小袖の裾をなおしながら、

「お熊、何かあったのか」

と、訊いた。さきほど、お熊が障子のむこうで掛けた声は、ひどく慌てたひびきがあったのだ。

「大変だよ！　お吟さんが」

急に目を剝いて、お熊が言った。

「お吟が、どうかしたのか」

「お吟さんは、どうでもないようだけど、いっしょにいる男のひとが、血だらけなんだよ」

「お吟は、どこにいる」

源九郎は、お吟の身に何かあったようだと思った。

「長屋の井戸端のところにいるよ」

「行ってみよう」

源九郎は急いで土間へ下りた。

源九郎が腰高障子をあけて外へ出ると、お熊は慌てて後についてきた。長屋の井戸の方で、女房連中や子供たちの声がした。大勢集まっているらしい。

源九郎は井戸の方へ走った。お熊は太った大きな体を揺するようにして、喘《あえ》ぎながらついてくる。

井戸のそばに、ひとだかりができていた。長屋の女房や子供たちが多かった。男たちの多くが、仕事で長屋を出ているのだ。

そのひとだかりのなかから、「華町の旦那だ！」「お熊さんも、いっしょだよ」などという声が聞こえた。

井戸の脇に、お吟の姿があった。そのすぐ前に、男がひとりうずくまっている。猪七らしい。

「どいてくれ」

源九郎が声をかけると、お吟と猪七のそばにいた女房連中が身を引いて、その場をあけた。

「旦那、猪七さんが……！」

お吟が、うわずった声で言った。

見ると、猪七の顔が腫《は》れ、額に青痣《あおあざ》ができていた。小袖の右袖が裂けて垂れ下がり、あらわになった左肩と二の腕が血に染まっている。何者かに、打擲《ちょうちゃく》されたらしい。

猪七は源九郎を見上げ、苦しげに顔をしかめた。

「猪七、どうした」

源九郎が訊いた。

「浜乃屋の前《めえ》で、次郎造たちにつかまって……」

猪七が喘ぎながら言った。

源九郎は、猪七の口から次郎造の名が出ると、この場で長屋の住人たちに、次郎造や五兵衛のことを話すのはまずい、と思い、

「ともかく、わしの家へ来い。傷の手当てをしてからだ」

そう言って、猪七の右腕をとって立たせた。

源九郎は、猪七の腋《わき》に腕をまわして抱えるようにして家にむかった。

お吟とお熊、それに長屋の住人たちが、ぞろぞろと源九郎たちの後についてきた。いつ来たのか、孫六と安田の姿もあった。安田も、今日は仕事に出ずに長屋にいたらしい。

源九郎は家にむかいながら、そばにいたお熊とおまつに、長屋をまわって晒《さらし》を集めて来るように頼んだ。

おまつは、お熊の隣に住む日傭取りの女房である。お熊とは仲がよく、いっしょにおしゃべりしていることが多い。

源九郎は、猪七の傷は、打ち身や切り傷だけとみていた。切り傷も、命にかかわるような深いものではない。長屋で手当てすれば、命にかかわるようなことはないはずである。

「あいよ。……おまつさん、いっしょに来ておくれ」

お熊はそう言い残し、源九郎たちから離れた。

源九郎は猪七を座敷に上げた。いっしょに家に入ったのは、お吟、孫六、安田の三人である。他の長屋の住人たちは戸口までついてきたが、家には入らず、戸口のまわりに集まっている。

「孫六、安田、手を貸してくれ」

源九郎は、ふたりに声をかけた。そして、孫六に小桶《こおけ》に水を汲んでくるように頼み、安田には猪七の小袖を切り裂いて、傷口をあらわにするよう話した。この間に、源九郎は座敷の隅に置いてあった長持から、古い浴衣をひっぱり出して切り裂いた。

猪七の傷口の汚れを拭き取るのである。

源九郎は、猪七の傷をあらためて見て、

……命にかかわるような傷ではない。

と、思った。傷は三か所あったが、どれも深い傷ではなかった。出血さえとまれば、命にかかわるようなことはないだろう。

源九郎は安田の手も借りて、猪七の肩や二の腕の傷口を洗っているところに、お熊とおまつがもどってきた。ふたりは、晒を手にしていた。

源九郎が安田とともに猪七の傷口を洗った後、傷口に折り畳んだ晒を当ててから、さらに別の晒で強くしばった。

「これでいい。しばらく、傷口を動かさないようにすることだな」

源九郎が、血のついた手を小桶の水で洗いながら言った。

「すまねえ」

猪七は源九郎だけでなく、座敷にいた孫六やお熊たちにも礼を言った。源九郎もお熊とおまつに礼を言い、ふたりに引き取ってもらってから、あらためて猪七に事情を訊いた。

安田と孫六は、座敷に残した。源九郎は、安田たちなら猪七の話を聞かれてもさしつかえないと思ったのである。

「お吟さんに用があって浜乃屋の前まで来たとき、三人の男が家の陰から飛び出してきて、あっしを襲ったんでさァ」

猪七によると、三人は次郎造、名の知らない遊び人ふうの男、それに牢人体の男だったという。

猪七が遊び人ふうの男に匕首で肩先を切られ、路傍にうずくまったとき、牢人が猪七の前に立って斬ろうとした。そのとき、猪七の叫び声を聞いて店から飛び出してきたお吟が、大声で助けを呼んだ。

すると、ちょうど店の近くを通りかかった供連れの武士が、数人の供とともに駆け寄った。小身《しょうしん》の旗本のようだったという。

これを見た牢人は、

「今日のところは、命を預けておく」

と言い捨てて、その場から走り去ったそうだ。

「そやつら、お京と八吉を襲った者たちではないか」

源九郎が訊くと、

「あっしも、そうみやした」

猪七が、顔をしかめて応えた。

「次郎造たちは、猪七の命も狙っているのか」

源九郎が顔をけわしくした。

「とにかく、お吟さんのお蔭で、命拾いをしやした」

猪七はそういった後、すこし間を置いてから、

「あっしが、気掛かりなのは、やつらがあっしとお吟さんのかかわりを知っていたことでさァ。下手をすると、お吟さんも命を狙われるんじゃァねえかと」

と、眉を寄せて言った。

「うむ……」

源九郎も、お吟が狙われる恐れはあるとみた。

第二章　敵　襲

一

源九郎は猪七が眠ったのを見ると、

「お吟、どうする」

と、小声で訊《き》いた。

「どうするって、猪七さんのこと」

お吟が、猪七に目をやりながら言った。

源九郎とお吟がいるのは、はぐれ長屋の源九郎の家だった。猪七は傷の手当てが終わった後、しばらく横になって目をとじていたが、疲れていたらしく眠ったのである。

家にいた孫六と安田も、それぞれの家に帰っていた。源九郎の家にいても、やることがなかったのだ。

「猪七もそうだが、お吟のこともある。……次郎造たちは、お吟と猪七のかかわりを知っているようだ。それに、お吟の昔のこともな」

源九郎が声をあらためて言った。

「そうかもしれない」

お吟は、眉《まゆ》を寄せた。

「今日にも、次郎造たちは浜乃屋に来るぞ」

「……！」

お吟が、ハッとしたような顔をして源九郎を見た。

「おそらく、お吟に猪七のことを訊く。……お吟がしゃべらなければ、何をするか分からんぞ」

源九郎の顔は、けわしかった。次郎造たちはお吟を浜乃屋から連れ去り、監禁して打擲《ちょうちゃく》するのではあるまいか。下手をすれば、命を奪うかもしれない。

「ど、どうしよう」

お吟の顔から血の気が引いた。お吟も、浜乃屋にもどれば、次郎造たちに何をされるか分からない、と思ったようだ。

「お吟、どこか身を隠すところはあるか」

「浜乃屋しか、帰るところはないんです」

お吟が、眉を寄せて言った。

源九郎はいっとき間をとった後、

「どうだ、お吟、ここに住むか」

と、お吟を見つめて訊いた。

「ここに、旦那といっしょに……」

ぽっ、とお吟の顔が赤くなった。源九郎を見つめた目に、艶《なまめ》かしいひかりが宿っている。

「お、お吟、勘違いするな。わしは、菅井といっしょに寝起きするつもりだ」

慌てて、源九郎が言った。

「あら、あたしといっしょじゃァないの」

お吟が、不服そうな顔をした。

「そ、そんなことをしたら、長屋の者たちの笑いぐさになる」

源九郎は、うろたえた。顔が赭黒《あかぐろ》く染まっている。

「笑いぐさになってもいいじゃない。あたし、旦那といっしょなら、どう思われたってかまわない。……それに、長屋のみんなは、きっと喜んでくれるはずだわ」

お吟が、うっとりした顔をした。

「だめだ、だめだ。お吟はわしのような年寄りより……」

若い男と所帯を持った方がいい、と源九郎は言おうとした言葉を呑んだ後、

「お吟、猪七のこともあるぞ」

と、声をひそめて言った。

「猪七さんのこと」

お吟が、脇で眠っている猪七に目をやった。

「すくなくとも、猪七が歩きまわれるようになるまでは、長屋から追い出すわけにはいくまい」

「そうね」

「猪七も、長屋に住まわせねばならないな」

「あたしが、ここで猪七さんと寝るの」

お吟が、困ったような顔をした。

「そうはいくまい。伝兵衛に話して、あいている家を借りることになろう。ここ

に、お吟が住み、猪七は別の家だな。……わしは菅井の家に住むことになる。なに、猪七が動けるようになるまでの間だ」

源九郎は、何日もかからないだろう、とみた。

大家の伝兵衛の住む家は、長屋の近くにあった。伝兵衛はお徳《とく》という老妻とふたりで住んでいる。以前、やくざの親分が料理屋を始めるつもりで伝兵衛店に目をつけ、伝兵衛に因縁をつけて長屋を奪い取ろうとしたことがあった。そのとき、源九郎たちが結束して、やくざの親分を追い払い、長屋を守ったのである。そのことがあってから、伝兵衛は長屋に何かあると、源九郎たちに相談するようになった。

源九郎と伝兵衛はそうした関係だったので、源九郎が事情を話せば、しばらくの間、あいている家を貸してくれるだろう。

「あたし、ひとりでここに住むの」

お吟が、眉を寄せた。

「ひとりといってもな。わしは、すぐ近くに住んでいるし……。そうだ、ここにちょくちょく顔を出してな、お吟といっしょにめしを食ってもいいぞ」

源九郎は、ついでに酒も飲めば、浜乃屋で一杯やるのと変わらないだろうと思った。

「それじゃァ、ここに厄介《やっかい》になるわ」

　お吟が、笑みを浮かべて言った。

　その日の夕方、源九郎は菅井が両国広小路から帰るのを待って、菅井の家に出かけた。

　源九郎は、今朝方、お吟と猪七が長屋に逃げてきたことを話してから、

「お吟と猪七の行き場がないのだ。それで、わしの家に寝泊まりすることになった」

　と、言い添えた。

「そうか」

　菅井は気のない返事をした。

「それでな、わしの居場所がなくなった。……すまぬが、しばらく菅井のところで寝泊まりさせてくれないか」

　源九郎が菅井の顔色をうかがいながら言った。

「なに、華町がここで寝泊まりするのか」

菅井が驚いたような顔をして源九郎を見た。

「菅井さえ、よければ……」

「いいとも。すると、今夜からだな」

菅井がニンマリした。

「今夜から頼む」

「華町、今夜は寝ずにできるな」

「寝ずに、なにをやるのだ」

「将棋だよ、将棋！」

菅井が、意気込んで言った。

二

お吟と猪七が長屋へ逃げてきた翌日、菅井の家に七人の男が集まった。はぐれ長屋の用心棒と呼ばれる男たちである。

源九郎が、昨日、お吟と猪七が次郎造たちに襲われて長屋に逃げてきたことを話した後、

「今後、ふたりは長屋に寝泊まりすることになった。わしは、菅井のところに厄

介になるつもりだ」

と、言い添えた。

すると、孫六が、

「華町の旦那は、お吟さんといっしょに暮らせばいいのに」

と、口許に薄笑いを浮かべて言った。

「馬鹿なことを言うな。そんなことができるか。……孫六、わしのことより、次郎造たちをどうするかだ。それに、次郎造たちの背後には、般若の五兵衛と呼ばれる親分がいるらしいのだ」

源九郎は、般若の五兵衛のことを口にした。次郎造たち三人だけでなく、背後にいる五兵衛を何とかしないと、始末はつかないとみていたのである。

「般若の五兵衛ですかい」

孫六が低い声で言った。口許の薄笑いが消えている。腕利きの岡っ引きだったころを思わせる凄《すご》みのある顔付きである。

「とっつァん、五兵衛を知ってるのかい」

茂次が訊いた。

「知ってるよ。栄造《えいぞう》から、話を聞いただけだがな」

栄造は、浅草諏訪町《すわちよう》に住む岡っ引きだった。孫六が岡っ引きだったころ、知り合った男で、これまでも長屋の住人がかかわった事件のおりに、手を貸してくれたことがあったのだ。

「五兵衛は、どんな男だ」

安田が訊いた。

「深川、本所辺りの掏摸《すり》たちを束ねている男でさァ。ちかごろは、賭場《とば》もひらいているってえ噂ですぜ」

孫六が顔をけわしくして言った。

「大きい声では言えないがな、殺されたお京と八吉も、掏摸とかかわりがあったらしい」

源九郎は、お京と八吉が掏摸だったとは言わなかった。ふたりは死んでいたし、お吟もむかし掏摸だったことがあったので、曖昧《あいまい》な言い方をしたのだ。

「いずれにしても、相手は大物のようだ。下手に動くと、おれたちも殺《や》られるぞ」

安田が表情をひきしめて言った。

「安田の旦那の言うとおりだ。嘗《な》めてかかると、あっしらもお京や八吉の二の舞いだぜ」

と、孫六。

男たちが表情をけわしくして口をつぐんだとき、

「だがな、これで、相手がすこしだけ見えてきたわけだ。まず、五兵衛のことを探ることだな。お京と八吉を殺った三人は、五兵衛の手の者とみていいようだ」

源九郎が言うと、

「深川を探りやすか」

茂次が、口をはさんだ。

「それとなく、噂を聞き込んできてくれ。……いいか、無理をするなよ。五兵衛の手の者に探っていることが知れると、命はないぞ」

源九郎が顔をけわしくして言った。


翌日、安田、茂次、平太の三人が、深川へむかった。

菅井と三太郎は、両国界隈《かいわい》で聞き込みにあたるという。菅井は両国広小路で長年居合抜きの見世物をしていたので、両国界隈で顔がひろかったのだ。

三太郎は、砂絵描きだった。砂絵描きは、染粉で染めた砂を色別の小袋に入れて持ち歩き、人出の多い広小路や寺社の門前などで、掃き清めた地面に水を撒《ま》き、色砂をたらして絵を描く見世物である。

三太郎は、両国広小路でも砂絵を描いて見せることがあったので、顔見知りがいた。それで、両国広小路をあたることにしたようだ。

源九郎は、孫六とふたりで浅草諏訪町に行くことにした。岡っ引きの栄造と会って、五兵衛のことを訊いてみようと思ったのだ。

「孫六、出かけるか」

源九郎は、孫六と組むことが多かった。ふたりとも老齢で、話があったこともあるが、体も無理がきかなかったからである。

「へい」

孫六は、すぐに腰を上げた。

源九郎と孫六は、長屋の路地木戸をくぐって路地に出た。路地を南にむかえば、竪川沿いの通りに出られる。

源九郎たちが路地木戸から出て一町ほど歩いたときだった。八百屋の店先にいた長屋に住むお島《しま》が、源九郎たちに足早に近付いてきた。お島は、伸助《しんすけ》という手間賃稼ぎの大工の女房である。

「お島、何かあったのか」

　源九郎が足をとめて訊いた。

「何かあったわけではないんだけど、気になってね。旦那の顔を見かけたんで、耳に入れておこうと思って」

　お島が心配そうな顔をして言った。

「何だ」

「ほら、向こうに歩いていく二人連れがいるだろう」

　お島が路地の先を指差した。

　見ると、大刀を一本落とし差しにした牢人体の男と、小袖を裾高《すそだか》に尻《しり》っ端折《ぱしょ》りした町人がいる。ふたりは、足早に竪川沿いの通りの方へむかっていく。

　源九郎は牢人の後ろ姿を見て、

　……あやつ、遣い手のようだ。

　と、思った。歩く姿に隙がなかった。それに、身辺に多くのひとを斬殺した者特有の酷薄さと荒《すさ》んだ雰囲気が感じられた。

「孫六、お京たちを襲ったのは、あいつらかもしれんぞ」

　源九郎が小声で言うと、

「お島、あのふたりに何か訊かれたのかい」

すぐに、孫六が顔をけわしくして訊いた。

「長屋に、猪七ってえ男はいないか、訊かれたんですよ」

「それで、猪七のことをしゃべったのか」

「しゃべるもんですか。そんな男はいないって、言ってやりましたよ」

お島が、うわずった声で言った。

「お島、すまん。お吟と猪七のことは内緒にしておきたいのでな」

源九郎が言った。

「あたし、くわしいことは知らないけど、お熊さんに、お吟さんたちのことは、話さない方がいいって言われてたんですよ」

「そうか」

源九郎が、お熊に猪七のことを訊かれたとき、猪七は悪いやつらに命を狙われているらしいので、内緒にしておいてくれ、と話したのだ。お熊は、その話を長屋の女房連中に伝えたのだろう。お熊はおしゃべりで噂話が好きだが、こういうときは、そのおしゃべりが役にたつ。

三

源九郎と孫六は竪川沿いの通りに出ると、大川方面に足をむけた。そして、大川にかかる永代橋を渡り、賑やかな両国広小路に出た。

源九郎は両国広小路を歩きながら、いつも菅井が居合抜きの見世物をしている場所に目をやったが、菅井の姿はなかった。今日は見世物はせずに、聞き込みにあたっているらしい。

源九郎たちは両国広小路を抜け、神田川にかかる浅草橋を渡った。その通りが奥州街道である。街道をまっすぐ北にむかえば、浅草寺の門前通りにも出られる。

源九郎たちは浅草御蔵の前を通り過ぎ、諏訪町に入って間もなく、右手の路地に入った。

路地を一町ほど歩いた先に、勝栄《かつえい》というそば屋がある。そのそば屋に、栄造は住んでいるが、ふだん店は女房のお勝《かつ》にやらせていた。

栄造は事件の探索にあたっていないときは、そば屋を手伝っている。勝栄とは妙な屋号だが、栄造とお勝の名からつけたという。

源九郎と孫六は、勝栄の暖簾《のれん》をくぐった。

土間の先に板敷きの間があり、そこが追い込みになっていた。客がふたりいた。そばをたぐっている。

「ごめんよ」

孫六が奥に声をかけた。

するとすぐに板場から栄造が出てきた。濡れた前垂れをかけている。仕込みでも、手伝っていたのかもしれない。

「華町の旦那、お久し振りです」

栄造が笑みを浮かべ、孫六にも頭を下げた。

「そばを頼むかな」

源九郎は、せっかく来たのだから、勝栄のそばでも食いながら話そうと思った。

「ちょいと、お待ちを」

栄造はいったん板場にもどったが、すぐに出てきた。女房のお勝に、ふたり分のそばを出すよう話してきたのだろう。

「旦那たちは、あっしに何か話があって来たんじゃァねえんですかい」

栄造が、源九郎たちに身を寄せて訊いた。

「おめえに、訊きてえことがあってな」

孫六はそう言った後、店にいるふたりの客に目をやり、源九郎とともに板敷きの間の隅の方に腰を下ろした。客に聞こえない離れた場所で、栄造と話そうと思ったらしい。

「栄造、一ツ目橋のたもとで、男と女が殺された話は聞いてねえかい」

孫六が小声で訊いた。

源九郎は、この場は孫六にまかせようと思い、黙っていた。

「聞いてるよ」

栄造が声をひそめて言った。

「ふたりを殺ったのは、三人組のようだ」

孫六が、三人組は牢人と町人ふたりらしいと話した。

「よく分かったな」

栄造が驚いたような顔をした。

「そいつら三人、浜乃屋のお吟さんも狙うかもしれねえ」

孫六が、猪七から聞いたことをかいつまんで栄造に話し、

「いまも、長屋にお吟さんと猪七は身を隠している」

と、言い添えた。

栄造は、お吟のことを知っていた。知っているといっても、源九郎たちが飲みに行く、浜乃屋の女将《おかみ》ということだけだろう。

「それでな、おめえに次郎造って男を知らねえか、訊きにきたのよ」

孫六が、栄造に目をやった。

「次郎造な」

栄造は首をひねった。

「次郎造の背後には、般若の五兵衛という男がいるらしい」

孫六が、五兵衛の名を出した。

「般若の五兵衛か」

栄造の顔が、けわしくなった。虚空にむけられた栄造の双眸《そうぼう》が、刺すような鋭いひかりを宿している。腕利きの岡っ引きらしい目である。

「五兵衛は、どんな男だ」

黙って聞いていた源九郎が、身を乗り出すようにして訊いた。

「深川を縄張《しま》にしている掏摸の親分でしてね。ちかごろは深川で賭場をひらき、子分たちも増えて顔を利かせているようでさァ」

栄造によると、深川を縄張にしている岡っ引きたちが、五兵衛を洗っているようだが、なかなか尻尾《しっぽ》を出さないという。

「栄造、深川の御用聞きたちは、五兵衛の悪事を見て見ぬふりをしてるんじゃァねえのかい」

孫六が声をひそめて訊いた。

よくあることだった。岡っ引きたちは、子分の多い土地の顔役にはなかなか手を出せない。下手に手を出せば、自分が殺されるのだ。手を出さないだけでなく、岡っ引きが土地の親分から金を貰《もら》い、町方の動きを知らせている者さえいる。

「そうかもしれねえ」

栄造が顔をしかめて言った。

源九郎たちがそこまで話したとき、お勝がそばを運んできた。栄造がお勝と所帯を持って十年ほど経つらしいが、ふたりの間に子供がいないせいもあって、お勝にはまだ栄造といっしょになったころの色気が残っていた。

お勝は源九郎と孫六にそばを出すと、

「何かあったら、声をかけてくださいよ」

そう栄造に声をかけ、すぐにその場を離れた。源九郎たちと栄造が、捕物の話をしていると察知して、邪魔をしないように気を使ったらしい。

源九郎はそばをたぐりながら、

「次郎造だがな、五兵衛の子分らしいのだ」

と、小声で言った。

「そいつは、掏摸かもしれねえ。深川に腕のいい次郎造ってえ名の掏摸がいると聞いた覚えがありやす」

「次郎造は両国の広小路あたりで、仕事を始めるつもりではないかな」

源九郎は猪七から聞いたことを口にした。

「すると、般若の五兵衛が、両国界隈にも手を伸ばしてきたってことですかい」

栄造の顔がけわしくなった。

両国界隈は、栄造の縄張といってもいいのだ。

「栄造、手を貸してくれんか。わしらは、次郎造や般若の五兵衛に命を狙われている者から、助けてほしいと頼まれているのだ」

源九郎が言った。

栄造は、はぐれ長屋に住む源九郎たちが、はぐれ長屋の用心棒と呼ばれ、これまでどんなことをしてきたか知っていた。

「旦那、手を貸すもなにも、両国はあっしの縄張でさァ。五兵衛が手を伸ばしてきたとなりゃァ、見逃すことはできねえ。……それに、五兵衛はあっしひとりの手に負えるような相手じゃねえ。あっしこそ、旦那たちの手を借りてえようでさァ」

「栄造、迂闊《うかつ》に手を出すなよ。やつら、平気で殺しにくるぜ」

孫六が声をひそめて言った。

「油断はしませんや」

「ともかく、何かあったら長屋に知らせてくれ。わしらも何かつかんだら、ここに話しに来る」

源九郎が言った。

「承知しやした」

栄造は、源九郎と孫六に目をやってうなずいた。

四

　その夜、遅くなって菅井の家に、源九郎たち七人が集まった。男たちの膝先には、湯飲みと貧乏徳利が置いてあった。それぞれの家から持ち寄った酒を飲みながら、探ってきたことを話すことにしたのである。

「まず、わしと孫六から話そう」

　源九郎が言って、孫六とふたりで、栄造から聞き込んだことを話した。

　源九郎たちの話が終わると、茂次が、

「あっしらは、五兵衛のことで聞き込んできやした」

　と切り出し、安田と平太の三人で深川で聞き込んできたことを話した。

　茂次の話によると、五兵衛は深川の富ケ岡八幡宮界隈を縄張にしている掏摸をたばねている親分だという。八幡宮界隈は遊山《ゆさん》客や参詣客で賑わっているので、掏摸たちの恰好《かっこう》な稼ぎ場だそうである。

「五兵衛自身も若いころは掏摸で、深川界隈で稼いでいたようだ」

　茂次につづいて、安田が言った。

　安田が話したことによると、五兵衛は年配になるにしたがって八幡宮界隈で幅を利かせるようになり、弟分だった者たちを束ね、掏摸の親分として支配するようになったという。

「ちかごろは、掏摸だけでなく賭場もひらき、深川のならず者や渡世人たちにも顔を利かせているようだ」

安田が言い添えた。

安田たち三人の話が終わると、

「あ、あっしが、耳にしたことも話しやす」

三太郎が、声をつまらせて言った。

三太郎は、人前で話すのが苦手だった。人出の多いところで砂絵を描いているときも、無言で描いているときが多い。描き終えたとき、三太郎は何も言わないが、その絵に感嘆した見物人たちが銭を投げるのである。

「両国界隈で幅を利かせている遊び人が、ちかごろ深川からきた掏摸が広小路で仕事をしているらしいと話してやした。その掏摸が、次郎造らしいんでさァ」

三太郎が言い終えると、

「おれも、次郎造のことは聞いたぞ」

と、菅井が口をはさんだ。

「菅井、話してくれ」

源九郎が言った。

「次郎造が、牢人者と両国界隈を歩いているのを見掛けたやつがいるのだ」

「猪七を襲った牢人だな」

「そうらしい」

菅井はそう言って、手にした湯飲みの酒をかたむけて一息ついた。

「次郎造たちは、いまもお吟と猪七を狙っているのではないかな」

源九郎がそう言ったとき、

「次郎造たちは、この長屋に目をつけたかもしれねえ」

と、孫六が顔をけわしくして言い添えた。

「どういうことだ」

菅井が訊いた。

座敷に集まっていた安田や茂次たちの目が、いっせいに孫六にむけられた。

「あっしと華町の旦那とで、長屋から出るとき、お島から聞いたんでさァ」

孫六はそう言って、牢人体の男と遊び人ふうの男が、お島に猪七という男が長屋にいないか訊いたことを話した。

「そのふたりは、次郎造と牢人か」

菅井が念を押すように訊いた。

「そうみていいな。……だが、お島は機転をきかせて、そんな男はいない、と答えたそうだ」

源九郎が言うと、話を聞いていた茂次たちがほっとした顔をした。菅井だけは、渋い顔をしている。

「分からんぞ。次郎造たちは、お島にだけ訊いたのではないかもしれん。……それにな、お島に、猪七の名を出して訊いたということは、他の者から猪七が長屋に逃げ込んだことを耳にしたからではないのか」

菅井が言った。

「菅井の言うとおりかもしれぬ。……ともかく、油断はできんぞ」

源九郎は、お吟と猪七に会って、次郎造たちが踏み込んできたらどうするか、話しておこうと思った。

翌朝、源九郎は孫六とふたりで、猪七のいる長屋の家にむかった。猪七は、長屋のあいていた家で傷が癒えるまで暮らすことになったのだ。猪七のめしの支度や身のまわりの世話などは、お吟が来てやっているようだった。身のまわりの世話といっても、猪七は自力でも動けるので、洗濯程度のことだろう。

猪七は部屋の隅で横になっていた。だれか、長屋の者が都合したらしく、古い掻巻《かいまき》を体の下に敷いていた。

猪七は、土間に入ってきた源九郎と孫六を目にすると、身を起こそうとして顔をしかめた。まだ、傷が痛むらしい。

「寝てろ、寝てろ」

と、源九郎が声をかけ、孫六とともに座敷に上がった。

「すまねえ」

猪七は源九郎と孫六に顔をむけて、申し訳なさそうな顔をした。

「気にするな。……それに、四、五日すれば、起きて歩けるようになるはずだ」

源九郎は、猪七の傷の痛みは日が経つにつれてやわらぐだろうと思った。

「長屋のみんなにも、何とお礼を言ったらいいか」

猪七が涙ぐんだ。掏摸の親分とは思えない物言いである。

「猪七に話しておくことがあるのだ」

源九郎が声をあらためて言った。

「何です」

「次郎造たちが、猪七とお吟がこの長屋にいることをつきとめた節がある」

「……！」

猪七の顔がこわばった。

「まだ、何とも言えぬが、ここに踏み込んでこないとはかぎらない。わしらがいれば、次郎造たちを討ち取るが、いないときは、姿を隠せ。長屋の者たちが騒ぎ出すので、次郎造たちが踏み込んできたことは、ここにいても知れるはずだ」

「へ、へい」

「菅井の家がいいな。夜具のなかにでも、潜り込んで身を隠せばいい」

この家から、菅井の家は近かった。次郎造たちは、猪七とお吟の家が長屋のどこにあるかつかんでないはずだ。長屋の住人たちから訊き出す間に、菅井の家に逃げ込むことができるだろう。

「世話をかけやす」

猪七が申し訳なさそうな顔をして言った。

源九郎と孫六は、猪七の家を出た足で、お吟の住む源九郎の家にむかった。お吟にも、同じことを話しておくつもりだった。ただ、源九郎の家から菅井の家はそれほど近くないので、お吟が逃げ込むのは安田の家にするつもりだった。

五

源九郎たちがお吟の住む家を出ると、

「華町の旦那、柳原《やなぎわら》通りに行ってみやすか」

と、孫六が言った。

「何か、あてがあるのか」

柳原通りは神田川沿いにあり、両国広小路から西に筋違御門《すじかいごもん》の近くまでつづいている。

「あっしが、御用聞きだったころ、両国広小路で幅を利かせていた峰造《みねぞう》って地まわりが足を洗い、柳原通りの床店で古着を売ってやす。峰造に訊けば、次郎造たちのことが分かるかもしれやせん」

「行ってみるか」

柳原通りまで、そう遠くなかった。これから行っても、昼前に着けるだろう。

源九郎と孫六は、はぐれ長屋を出ると、竪川沿いの道を経て両国橋を渡った。

両国広小路はあいかわらず賑わっていた。様々な身分の老若男女が行き交い、肩が触れ合うほど混雑している。

……掏摸には、恰好の場所だな。

源九郎は、歩きながら思った。掏摸にとっては、これほどいい仕事の場はないのかもしれない。

源九郎たちは賑やかな両国広小路から浅草御門の前を経て、柳原通りに入った。その通りも人出はあったが、両国広小路ほどの賑わいではない。

右手の神田川沿いの土手には、柳が植えられていた。八代将軍吉宗が柳原という地名から、土手に柳を植えさせたといわれている。

通り沿いには、古着を売る床店が並んでいた。柳原通りは、古着を売る床店が並んでいることでも知られていた。

「たしか、和泉橋《いずみばし》の手前だったはずだがな」

孫六が、床店に目をやりながら言った。

和泉橋は、神田川にかかる橋である。いっとき歩くと、前方に和泉橋が見えてきた。孫六は、床店を覗《のぞ》きながら歩いた。

和泉橋が近付いてきたとき、

「この店だ」

と孫六が言って、床店の前で足をとめた。

源九郎が覗くと、古着をつるした床店の奥に初老の男がいた。浅黒い顔をした痩せた男である。峰造らしい。

「ごめんよ」

孫六が声をかけ、床店のなかに入った。

源九郎は、孫六の後ろからついていった。

「いらっしゃい」

峰造は腰を下ろしていた空樽から腰を上げた。腰掛けに使っていたらしい。

「とっつァん、おれだよ。孫六だ」

「なんでえ、孫六か。……それにしても、久し振りだな」

峰造は、無愛想な顔のまま言った。

「峰造、歳をとったな」

「おめえもな」

「十手をお上に返して、だいぶ経つからな」

「おれも、むかしのことは忘れちまったよ」

そう言ったが、峰造の顔に懐かしそうな表情が浮いた。

「いっしょに来たのは、おれが長屋で世話になってる旦那だ」

孫六が、源九郎に目をむけて言った。

峰造は源九郎にちいさく頭を下げた後、

「それで、何の用だい。古着を買いにきたわけじゃァあるめえ」

と、孫六に目をやって訊いた。

「おめえ、次郎造ってえ男を知ってるかい」

孫六が、切り出した。

「親分は、十手を返《けえ》したんじゃァねえのかい」

「お上の御用で、訊いてるんじゃァねえ。おれの住む長屋の者が、次郎造ってやつに匕首《あいくち》で斬られたのよ。そいつが、まだ長屋の者を狙っているらしい。それで、次郎造をつかまえて、お上に突き出そうと思ってるんだ」

孫六が怒ったような口振りで言った。

「次郎造なァ」

峰造は首をひねった。

「次郎造は掏摸でな、ちかごろ両国広小路の人込みで悪事を働いているようなのだ」

「知ってるぜ」

峰造が、低い声で言った。顔がけわしくなり、むかし地まわりだったところを思わせるような凄みのある顔付きになった。

「知ってるか」

「ああ、むかしの仲間から聞いたんだが、次郎造は懐の物を狙ってこの辺りまで出掛けてくるようだ」

峰造が、一度次郎造らしい男を見たことがあると言い添えた。

「それで、次郎造の塒《ねぐら》を知ってるかい」

孫六が身を乗り出すようにして訊いた。

「塒は知らねえなァ」

「出入りしてる店は、どうだい」

次郎造のような住処《すみか》の定まっていない男は、贔屓《ひいき》にしている飲み屋や小料理屋などがあるはずである。

「店も知らねえ」

峰造が素っ気なく言った。

孫六が渋い顔をして口をとじたとき、そばに立っていた源九郎が、

「次郎造といっしょに歩いている牢人を見かけなかったか」

と、峰造に訊いた。

「見かけやしたよ」

峰造の顔が、またけわしくなった。

源九郎は峰造の顔色が変わったのを見て、

「その牢人を知っているのか」

と、身を乗り出すようにして訊いた。

「知ってやす」

「名は」

「江島浅次郎《えじまあさじろう》。深川では、人斬り浅と呼ばれてたようでさァ」

「人斬り浅だと」

「へい、あっしは噂を耳にしただけで、くわしいことは知らねえが、深川では賭場の用心棒をしてたようでさァ」

「五兵衛の賭場じゃァねえのか」

孫六が、脇から口をはさんだ。

「だれの賭場かは聞いてねえが、そうかもしれねえ」

「それで、江島の塒を知っているか」

源九郎が訊いた。

「塒は知りやせん。次郎造といっしょに、両国界隈に住んでるのかもしれねえ」

峰造は語尾を濁した。はっきりしないのだろう。

それから、源九郎と孫六は、五兵衛を両国界隈で見掛けたことはないか訊いたが、峰造は首を横に振った。

源九郎は、峰造の店で掻巻を買った。源九郎の家には、まともな夜具がないので、お吟が不自由しているのではないかと思ったのである。

六

源九郎と孫六がはぐれ長屋の路地木戸をくぐり、井戸の近くまで行くと、井戸端にいたお熊とお妙《たえ》が走り寄ってきた。ふたりの顔が、こわばっている。何かあったらしい。お妙は、源九郎の家の壁隣りに住む女房である。

「旦那、大変だよ」

お熊が、源九郎に近寄るなり言った。

「どうしたのだ」

「長屋にいるお吟さんと、猪七さんのことを訊きにきた男がいるんだよ」

「次郎造たちか」

源九郎が、次郎造の名を出して訊いた。

「名は分からないけど、ふたりとも遊び人ふうの男だったよ」

お妙が口をはさんだ。

「ふたりは、長屋に入ってきたのか」

「路地木戸の前でね、長屋から出てきた子供をつかまえて訊いたらしいんだよ」

お妙によると、ふたりの男に話を訊かれたのは、房吉《ふさきち》と清太《せいた》だという。房吉と清太は長屋に住む子で、歳は五つか六つ。源九郎も、ふたりが長屋の路地木戸の近くで遊んでいるのを見かけたことがある。

お妙によると、近所の八百屋に行くつもりで路地木戸から出たとき、房吉と清太が遊び人ふうの男と話しているのを目にしたという。

ふたりの男はお妙の姿を目にすると、房吉たちから離れ、竪川の方へむかって歩き去ったそうだ。

「あたし、房吉と清太を呼んで、何を話したか訊いてみたんです。そしたら、ふたりが口をそろえて、お吟さんと猪七さんのことを訊かれたとしゃべったんです」

　お妙が、口早に話した。

「それで、房吉たちは、お吟たちが長屋にいることを話したのか」

「話したようですよ」

　お妙が言うと、脇にいたお熊が、

「房吉と清太は、親が話しているのを聞いてたんですよ」

　と、口をはさんだ。

「うむ……」

　源九郎は、子供たちの口まで、蓋《ふた》はできない、と思った。

「旦那、どうしやす」

　孫六が訊いた。

「次郎造たちは、お吟と猪七が長屋に匿《かくま》われていることを知ったとみねばなるまい」

　源九郎はそう言った後、いっとき黙考していたが、

「お熊とお妙に、頼みがある」

　と、声をあらためて言った。

「なんだい」

「長屋のみんなにな、うろんな男が踏み込んできて、お吟と猪七の家を訊かれたら、教えてもかまわないと伝えてくれ。それに、斬り合いになったら、近付くなとも話してくれ」

源九郎は、此度《こたび》のことで長屋から犠牲者を出したくなかったのである。

「分かった。これから、お妙さんとふたりで、長屋をひとまわりしてくるよ」

すぐに、お熊はお妙を連れてその場を離れた。

「旦那、どうしやす」

孫六が訊いた。

「孫六、すまぬが長屋をまわって、安田や茂次たちに菅井の家に集まるように話してくれ。いなかったら、家の者に言伝《ことづて》を頼むのだ」

「承知しやした」

孫六は源九郎のそばを離れた。

その日、源九郎たち七人が、菅井の家に顔をそろえたのは、暮れ六ツ（午後六時）を過ぎてからだった。

いつもなら、七人が顔を揃えると、貧乏徳利の酒を持ち寄って一杯やりながら話すのだが、今日は酒を持参した者はいなかった。

「どうやら、次郎造たちは、この長屋にお吟と猪七が身をひそめていることをつかんだようだ」

源九郎が、次郎造たちは長屋の子供から聞き込んだらしい、と言い添えた。

「旦那、次郎造たちは長屋を襲いやすかね」

三太郎が訊いた。

「襲う。それも、ここ二、三日のうちにな」

源九郎は、明日にも襲うのではないかとみていた。

すぐに口をひらく者がなく、座敷は重苦しい沈黙につつまれていたが、

「いい機会ではないか。やつらが踏み込んできたら、返り討ちにしてくれる」

菅井が、細い目をひからせて言った。

「相手は、ふたりだ。ここにいる七人が長屋に残れば、次郎造たちに後れをとるようなことはないはずだ」

つづいて、安田が声高に言った。

すると、孫六、茂次、三太郎、平太の四人も、そうだ、そうだ、と声を上げ

た。

源九郎は胸の内で、お吟たちを襲ったふたりだけで来るとはかぎらない、と思った。次郎造たちは、長屋に源九郎たちがいることも承知して踏み込んでくるはずである。

「いずれにしろ、わしらが長屋に残って、迎え撃つしかないな」

源九郎が、男たちに目をやって言った。

翌日、源九郎たちは、次郎造たちの襲撃に備えて手を打った。お吟と猪七が別の家にいると守りづらいので、猪七を源九郎の家につれてきた。そして、源九郎の家には、ふたりの他に菅井と源九郎がいることになった。安田は源九郎の家から近いので自分の家にとどまり、敵が踏み込んできたら、すぐに駆け付けることにした。

孫六、茂次、三太郎、平太の四人は、ふたりずつ交替で長屋に出入りする路地木戸の近くで見張るのである。

だが、次郎造たちは、まったく姿を見せなかった。

「次郎造たちは、来やすかね」

茂次が小首をかしげながら言った。

源九郎は、明日にも来るのではないかとみていた。

「来る、かならず」

七

翌日は曇天だった。朝から空は厚い雲におおわれ、いまにも雨が降ってきそうな空模様だった。

源九郎と菅井は、お吟と猪七のいる家にいた。お吟と猪七は、今日か明日にも次郎造たちが踏み込んでくるかもしれない、と源九郎に言われていたので、顔をこわばらせて座敷の隅に座っていた。

朝から昼頃まで、何事もなく過ぎた。長屋はいつもよりひっそりとし、重苦しい雰囲気につつまれていた。住人たちはお熊やお妙から、ならず者や牢人が長屋に踏み込んでくるかもしれない、と聞いていたからである。

「やつら、来るかな」

菅井が生欠伸《なまあくび》を噛み殺して言った。

「来るとしたら、これからだな」

次郎造たちは、仕事に出た長屋の男たちが家にもどる前を狙って、踏み込んでくるのではないか、と源九郎はみていた。

「華町、将棋でもやるか」

菅井が間延びした声で言った。

こうした緊迫した状況のなかでも、菅井は平然としていた。肝っ玉が大きいのか、鈍感なのか、源九郎は首をかしげることがあった。

そのときだった。戸口に駆け寄る足音がした。そして、腰高障子が荒々しくあいた。顔を出したのは、平太だった。

「来やす！　次郎造たちが」

平太が、声高に言った。

「何人だ」

源九郎が立ち上がりざま訊いた。

「五人いやす」

「五人か。それで、武士は」

やはり、ふたりではなかった。三人加わったようだ。

「武士がふたり、町人が三人です」

「茂次はどうした」

いま、見張りにたっているのは平太と茂次のはずだった。

「安田の旦那のところに、知らせに行きやした」

「よし、手筈《てはず》どおりだ」

源九郎は、武士がふたりなら返り討ちにできる、と踏んだ。味方で剣を遣えるのは、三人である。それに、菅井も安田も剣の手練《てだれ》だった。

源九郎は座敷にいるお吟と猪七に、「身を隠せ」と指示した。すぐに、お吟と猪七は座敷の隅に立ててあった枕屏風の陰にまわって身を隠した。

「菅井、表で待つぞ」

「承知」

源九郎と菅井は、腰高障子をあけて外に飛び出した。

辺りに人影はなかった。長屋全体が、ひっそりとしている。家の外にいた子供や女房連中は、次郎造たちが長屋に踏み込んできたと知って、家のなかに逃げ込んだのかもしれない。

「華町、来たぞ！」

菅井が低い声で言った。

路地木戸の方から、五人の男が足早にこちらにむかってくる。先導しているふたりが、ほっそりした瘦身の町人と大刀を一本落とし差しにした牢人体の男だった。

……次郎造と江島か！

源九郎は、お吟と猪七から次郎造は、瘦身だと聞いていたのだ。牢人体の男が、江島浅次郎にちがいない。無精髭や月代《さかやき》が伸び、身辺に荒《すさ》んだ雰囲気があった。

そのふたりの後ろに、大柄な武士がいた。小袖に袴姿で二刀を帯びている。この男も、牢人かもしれない。無精髭が伸び退廃した感じがした。他のふたりは、いずれも初めて目にする男だった。ふたりとも小袖を裾高に尻っ端折りし、両《りよう》脛《すね》をあらわにしている。

その五人の後ろに、茂次、三太郎、孫六の三人の姿があった。それぞれ六尺棒を手にしている。茂次たちは、次郎造たちが踏み込んできたら、背後から六尺棒で牽制《けんせい》することにしていたのだ。

次郎造たち五人は、菅井と源九郎の姿を目にすると、

「あそこだ！」

と、次郎造が叫び、ばらばらと走り寄った。

源九郎と菅井は、すこし間をとって戸口に立った。存分に刀をふるえるようにしたのである。

源九郎の前には、牢人体の江島が立った。菅井には、大柄な武士が対峙《たいじ》した。

次郎造たちは、源九郎と菅井の左右にまわり込もうとしたが、後ろから茂次たちが六尺棒を手にして近付いてくるのを目にし、

「先に、あいつらを始末してやる」

次郎造が、他のふたりに声をかけて反転した。

源九郎の前に立った江島が、

「ご老体、その刀は錆《さ》びて抜けないのではないか」

と、口許に薄笑いを浮かべて言った。

源九郎を老人とみて、侮ったらしい。

「抜いてみせよう」

源九郎は、スラリと抜いた。そして、青眼に構えると、剣尖《けんせん》を江島の目線につけた。どっしりと腰の据わった隙のない構えである。老いてはいたが、源九郎は鏡新明智流の達人である。

「できるな」

江島の顔から、薄笑いが消えた。源九郎の構えを見て、遣い手と察知したらしい。

江島はすぐに抜刀して、八相に構えた。刀身を寝かせ、切っ先を右手にむけている。八相にしては、低い構えである。

ふたりの間合は、およそ三間――。

まだ一足一刀の斬撃の間境の外である。

源九郎と江島は、青眼と八相に構えたまま動かなかった。全身に気勢を込め、斬撃の気配を見せて気魄《きはく》で攻めている。ふたりとも、敵の構えをくずしてから踏み込もうとしているのだ。

八

一方、菅井は大柄な武士と対峙していた。

菅井は左手を刀の鍔元《つばもと》に添えて鯉口《こいぐち》を切り、右手で刀の柄《つか》を握った。そして、居合腰に沈めた。居合の抜刀体勢をとったのである。

「おぬし、居合を遣うのか」

大柄な武士が、驚いたような顔をした。

「いかにも、田宮流居合を遣う。……おぬしは」

「一刀流だ」

大柄な武士は言いざま、切っ先を菅井の目線につけた。

隙のない構えだが、武士の腰がすこし浮いていた。真剣勝負の気の昂《たかぶ》りで、体に力が入っているようだ。

ふたりの間合はおよそ三間──。

居合の抜き打ちの一刀をはなつ間合からは、まだ遠かった。

「いくぞ！」

菅井が先《せん》をとった。

菅井は居合の抜刀体勢をとったまま足裏を摺《す》るようにして、ジリジリと斬撃の間境に近付いていく。

対する大柄な武士は、動かなかった。いや、動けなかったのかもしれない。菅井の居合の抜刀体勢をとったままの寄り身には、下から突き上げてくるような威圧感があったのだ。

このとき、安田は源九郎の家の近くまで来ていた。そして、菅井と源九郎、それに茂次たちがそれぞれの敵と対峙しているのを目にし、……茂次たちを助けよう！

と、決めた。源九郎も菅井も、対峙している敵に後れをとるようなことはない、とみたのである。

安田は足音を忍ばせて、次郎造たち三人の脇から近付いた。次郎造たち三人は、安田に気付いていなかった。三人とも匕首を手にし、六尺棒を手にしている茂次たちとの間をつめていく。獲物に迫る野獣のようである。

「てめえら！　殺してやる」

三人の真ん中にいた次郎造が叫び、前に立っている三太郎に摺り足で急迫した。

このとき、安田が刀を八相に構えて疾走した。その足音で、次郎造の脇にいた顔の浅黒い男が振り返り、ギョッとしたようにその場に立ちすくんだ。刀を手にして迫ってくる安田を目にしたのだ。

浅黒い顔をした男は、

「二本差しだ！」

と叫び、手にした匕首を安田にむけようとした。

イヤアッ！

裂帛《れっぱく》の気合を発し、安田がいきなり斬り込んだ。

バサリ、と浅黒い顔をした男の肩から胸にかけて小袖が裂け、あらわになった肌から血が噴いた。

男は絶叫を上げてよろめいた。

これを目にした次郎造は驚いたような顔をして、その場につっ立ったが、

「逃げろ！」

叫びざま、安田から逃げた。そして、安田との間合があくと、路地木戸の方へむかって走りだした。すると、もうひとりの男も、ワアアッ！　と悲鳴を上げ、次郎造の後を追って逃げた。

安田は逃げるふたりにかまわず、源九郎と菅井に目をやった。助太刀しようと思ったのだ。

菅井は居合の抜刀体勢をとったまま大柄な武士に迫っていた。

そのとき、安田から逃げる男の悲鳴が聞こえた。

刹那《せつな》、大柄な武士の視線が、斬られた男の方へ流れた。この一瞬の隙を菅井がとらえ、抜刀の気がはしった。

タアッ！

鋭い気合を発し、菅井が抜き付けた。

閃光《せんこう》が、袈裟《けさ》にはしった。稲妻のような居合の一刀である。

切っ先が、一瞬、身を引こうとした大柄な武士の肩から胸にかけて斬り裂いた。

大柄な武士は、刀を手にしたまま後ろによろめいた。赤くひらいた傷口から、血が奔騰《ほんとう》している。

武士は足をとめると、菅井に斬り込んでいくような動きを見せたが、すぐに手にした刀を取り落とし、その場にへたり込んだ。

これを見た江島は、すばやく後じさって源九郎との間合をとると、

「華町、勝負はあずけた！」

と言い残し、反転して駆けだした。

源九郎は江島の後を追わなかった。追っても、源九郎の足では江島にかなわないことが分かっていたのだ。

源九郎と菅井のそばに、安田や茂次たちが走り寄った。

「あやつから、話を聞こう」

源九郎が、菅井の居合をあびて地面にへたり込んでいる大柄な武士に歩を寄せた。安田や茂次たちも、武士のまわりに集まってきた。

武士は苦痛に顔をしかめていた。傷口から血が流れ出し、小袖が真っ赤に染まっている。

「おぬし、名は」

源九郎が訊いた。

武士は視線を源九郎にむけたが、何も言わず、苦しげな呻《うめ》き声を上げた。顔が土気色《つちけいろ》をし、体が顫《ふる》えている。

「名は！」

源九郎が語気を強くして訊いた。

「や、谷田部敏蔵《やたべとしぞう》……」

武士が声をつまらせて言った。

「誰に頼まれて、ここを襲った」

「……」

谷田部は顔をしかめただけで口をひらかなかった。

「おぬしを見捨てて逃げた江島たちを庇《かば》っているのか」

源九郎はそう言った後、

「誰に頼まれたのだ」

と、念を押すように訊いた。

「ご、五兵衛……」

谷田部が喘《あえ》ぎながら言った。体の震えが激しくなっている。

「五兵衛は、どこにいる」

「……ふ、深川」

谷田部が声をつまらせて言った。

「深川のどこだ！」

深川はひろく、深川だけでは探しようがない。

「く、黒江町《くろえちよう》……」

谷田部はそう言った後、グッと喉のつまったような呻き声を上げた。そして、背を反らせ、顎《あご》を突き上げるようにした。次の瞬間、谷田部の体から力が抜け、がっくりと首が前に落ちた。

「死んだ」

源九郎が小声で言った。

絶命した谷田部をその場に横たえ、源九郎たちは安田が仕留めた浅黒い顔をした男のそばに行ってみた。

すでに、男は死んでいた。

「般若の五兵衛も、これで懲りたろう」

菅井が顔に付いた返り血を手の甲で拭いながら言った。

菅井の顎のしゃくれた顔が紅潮し、細い目がひかっていた。菅井の顔は、般若のようだった。真剣勝負でひとを斬った気の昂りが体に残っているらしい。

「どうかな」

五兵衛は、これで手を引くような男ではない、と源九郎は思った。

第三章　追　跡

一

「旦那、あたし、店に帰ろうかな」

お吟が、甘えるような声で言った。

次郎造や江島たちが長屋に踏み込んできてから、七日が過ぎていた。この間、次郎造も江島もまったく姿を見せなかった。

昨日、猪七は長屋を出て、源九郎の家にはいなかった。傷が完治したわけではないが、歩いてもそれほど痛みはないようだった。それに、動いても傷がひらく恐れがなくなったからである。

猪七の家は米沢町《よねざわちょう》にあるとのことだったが、源九郎たちは、あえて家のある場所を訊《き》かなかった。お吟も、猪七の家がどこにあるか知らないようだった。猪七でなくとも、掏摸《すり》なら自分の塒《ねぐら》を話したくないだろう。

「お吟は、もうすこし長屋にいた方がいい」

源九郎は、これで五兵衛たちがお吟や猪七から手を引くとは思えなかった。それに、五兵衛たちは、両国界隈《かいわい》を自分たちの縄張にしたとはみていないだろう。それどころか、次郎造や江島たちは、源九郎たちの手で両国界隈から追い出されたような状況になっていたのだ。

……五兵衛たちは、かならず仕掛けてくる。

と、源九郎はみていた。

「あたし、ここにいてもいいの」

お吟が上目遣いに源九郎を見ながら訊いた。

「いいよ」

「旦那は、菅井の旦那のところで、寝泊まりするんでしょう」

お吟が拗《す》ねたような顔をした。

「まァ、そうだ」

「あたし、つまんない。それに、ひとりでめしを炊いて、ひとりで食べたって、ちっともおいしくないもの」

「おれも、このまま菅井と暮らすのは、どうもな」

源九郎は、菅井の将棋の相手をさせられるのに辟易《へきえき》していた。源九郎も将棋が嫌いではないが、連日となると、うんざりする。かといって、めしまで炊いて食わせてもらっていては、無下に断れない。

「お吟、こうしよう」

源九郎が声高に言った。

「なに」

お吟が、源九郎に身を寄せてきた。

「ここで、浜乃屋をひらくのだ」

「どういうこと」

お吟が、源九郎の顔を覗《のぞ》くように見た。

「酒を買ってきてな。ふたりで、ここで飲むのだ。お吟はここでひらく店の女将《おかみ》で、おれは客だ。……ふたり差し向かいで、ここで飲むのもおつなものだぞ」

源九郎は、ひとりで貧乏徳利の酒を飲むより、お吟に酌をしてもらえば、うまいだろうと思った。

「分かったわ。あたし、近くで、煮染でも買ってくる。それを肴《さかな》にして、ふたりでいっしょに飲もう」

お吟が、悪戯《いたずら》っぽい目で源九郎を見た。

その日の夕方、源九郎は久し振りで自分の家にもどり、お吟が用意した酒と肴で飲み始めた。

酒は、源九郎が近くの酒屋で貧乏徳利に買ってきたもので、肴はお吟が用意したたくわんと茄子《なす》の漬物だった。お吟が両国広小路まで足を伸ばし、漬物屋で買ってきたものである。

「旦那、一杯、どう」

お吟が、銚子を手にして言った。貧乏徳利の酒を銚子に移したのである。

「おお、すまんな」

源九郎が目を細めて猪口《ちょく》で受けた。

そして、猪口の酒を飲み干した後、

「お吟、おまえも一杯どうだ」

そう言って、源九郎が銚子をお吟にむけた。

「あたしも、一杯いただくわ」

お吟は、浜乃屋の女将のときと同じような口振りで、猪口に酒をついでもらった。

ふたりが、そんなやり取りをしながら酒を飲み始めてすぐだった。

腰高障子のむこうに走り寄る足音がし、

「華町の旦那、いやすか」

と、孫六のうわずった声が聞こえた。

「いるぞ」

源九郎が声をかけると、すぐに腰高障子があき、孫六が土間に入ってきた。

孫六は源九郎とお吟が差し向かいで酒を飲んでいるのを見て、戸惑うような顔をしたが、

「旦那、三太郎がやられた！」

と、ひき攣《つ》ったような顔をして言った。

「なに、三太郎がやられたと！　死んだのか」

源九郎は立ち上がった。浮いた気分など、ふっ飛んでしまった。お吟も、息を呑んで源九郎を見つめている。

「死んじゃァいねえが、だいぶ痛めつけられたようでさァ」

「三太郎は、どこにいる」

源九郎は戸口に足をむけた。

「家でさァ。菅井の旦那たちも、集まっていやす」

「わしも、行く」

源九郎はすぐに土間に下り、「お吟、ここにいてくれ」と言い残し、孫六とともに三太郎の家にむかった。

はぐれ長屋は、淡い夕闇につつまれていた。あちこちの家から、赤子の泣き声、亭主のがなり声、子供の笑い声などが聞こえてきた。いま長屋は、一日のうちで一番騒がしいときだった。亭主が仕事から帰り、家族で狭い座敷に集まって夕めしを食っているころである。

三太郎の家が、見えた。腰高障子に淡い人影が映じている。急を聞いて集まった男たちではあるまいか。

二

孫六が、三太郎の家の腰高障子をあけた。すぐに、源九郎は孫六につづいて家に入った。

土間に、平太と安田が立っていた。ふたりは来たばかりらしく、心配そうな顔を座敷にむけている。

座敷には、菅井とおせつ、それに布団の上に横たわった三太郎の姿があった。おせつは三太郎の女房である。

三太郎の顔に、黒ずんだ血の色があった。小袖の肩の辺りが裂けて、血に染まっている。

「華町、ここに来てくれ」

菅井が呼んだ。

源九郎は、上がり框《がまち》から座敷に上がった。源九郎の後につづくように孫六が座敷に上がり、平太と安田も心配そうな顔をして源九郎についてきた。

源九郎が菅井の脇に座ると、三太郎が顔をむけ、

「て、てえした傷じゃァ、ねえんで」

と言ったが、顔は苦痛にゆがんでいた。

頬《ほお》の皮肉が裂け、額に青痣《あおあざ》ができていた。左の瞼《まぶた》が、腫《は》れている。肩口から血が出ていた。叩かれて皮膚が裂けたらしい。

どうやら、三太郎は青竹や棒のような物で打擲《ちょうちゃく》されたようだ。

「おせつ、三太郎の傷は命にかかわるようなものではないぞ」

源九郎は、おせつに声をかけてから、

「小桶《こおけ》に水を汲んできてくれ。それに、手拭いがあるといいな」

と言い添えた。源九郎は三太郎の傷口の汚れを拭き、濡れた手拭いで腫れているところを冷やしてやろうと思ったのだ。

「は、はい」

おせつは立ち上がり、すぐに土間の隅の流しにいった。

源九郎はおせつが持ってきた濡れた手ぬぐいで、三太郎の血で汚れた傷口をそっと拭きながら、

「三太郎、だれにやられた」

と、小声で訊いた。

「じ、次郎造たちに……」

「次郎造たちだと。どこで、やられたのだ」

「両国広小路で」

三太郎によると、両国広小路で砂絵描きの見世物のために地面に絵を描いていると、次郎造、遊び人ふうの男、江島の三人がいきなり近寄ってきて、三太郎を

取り囲んだという。

そして、次郎造たちは、三太郎を近くにあった床店の裏手に連れ込み、手にした青竹や棒で三太郎を叩いた後、

「ここは、おれたちの縄張《しま》だ。見世物をひらくなら場所代《しょばだい》を出してもらう」

と言って、三太郎の懐にあった巾着《きんちゃく》を取り上げたという。

「き、巾着には、今日の稼ぎの銭が入《へえ》ってたんでさァ。それを、そっくり取り上げられちまいやした」

三太郎が涙声で言った。

「次郎造たちは、両国広小路から手を引く気はないようだ」

それどころか、源九郎たちにも闘いを挑んできたとみていい。次郎造たちは、三太郎がはぐれ長屋の住人で、源九郎たちの仲間と知った上で、手を出したのである。

……これは、わしらへの挑戦状だ！

と、源九郎はみた。

源九郎が、顔をけわしくして口をつぐんでいると、

「おれのところにも、来るな」

菅井が低い声で言った。

菅井も両国広小路で、居合抜きの見世物をして暮らしをたてていた。当然、次郎造たちも知っているだろう。

「菅井、どうする」

源九郎が訊いた。

「次郎造たちが、どんな手を遣ってくるかだな。ひとだかりのなかで、刀や匕首《あいくち》を手にしてむかってくるとは思えんが、客の相手をしているときに、後ろから棒や青竹で殴りかかられたらどうにもならん」

菅井が渋い顔をして言った。

菅井の居合は対峙《たいじ》した相手には威力を発揮するが、背後から槍《やり》や薙刀《なぎなた》など長柄《ながえ》の武器で襲われると対処するのがむずかしい。

「しばらく、両国広小路での見世物はひかえるのだな」

源九郎が、菅井と三太郎に目をむけて言った。

「仕方ない」

菅井が言うと、三太郎もうなずいた。

つづいて口をひらく者がなく、座敷が重苦しい沈黙につつまれたとき、

「長屋にも、手を出してくるんじゃァねえかな」

と、孫六が顔をしかめて言った。

「来るな。……次郎造たちの背後にいる五兵衛も、やられっぱなしで黙っていることはあるまい。子分たちにも、示しがつかないからな」

源九郎は、次郎造たちが三太郎に手を出したのは、このまま両国広小路から手を引くことはない、という五兵衛たちの新たな挑戦状であろうと思った。

「どうする」

黙って聞いていた安田が言った。

「手を引くなら、猪七に詫《わ》びて、もらった金は返さねばならんぞ」

源九郎の顔がけわしくなった。

「だ、旦那、そんなことはできねえ。もう、金はあらかた使っちまった」

孫六が言うと、

「おれもだ。金は返《けえ》せねえ」

平太が、困惑したような顔をした。

源九郎もそうだった。手にした金はまだ残っていたが、三両ほどしかない。金を返すのは無理である。

菅井も安田も源九郎と同じらしく、渋い顔をして首を横に振った。

「ならば、やるしかない」

源九郎が語気を強くして言った。

三

四ツ（午前十時）ごろだった。晴天で、長屋の外は夏の陽射しに満ちている。ただ、風が爽やかで、それほど暑さは感じなかった。

源九郎、安田、孫六、茂次の四人は、身装《みなり》を変えて長屋を出た。源九郎と安田は小袖にたっつけ袴で、網代笠《あじろがさ》をかぶって顔を隠した。廻国修行の武芸者のようである。孫六と茂次は風呂敷包みを背負い、菅笠《すげがさ》をかぶった。行商人のように見える。

源九郎たちは、これから両国広小路に出かけ、次郎造か仲間の掏摸を見つけて捕らえるつもりだった。源九郎たちは長屋を襲って逃げた次郎造と仲間の男、それに江島の顔も目にしていた。見掛ければ、分かるはずである。

菅井、平太、三太郎の三人は、長屋に残してきた。菅井と平太は、次郎造たちに長屋を襲われたときに備えたのだ。足の速い平太は、両国広小路にいる源九郎たちとの連絡役である。三太郎はまだ傷が癒えず、歩きまわるのは無理だった。

両国広小路は賑わっていた。様々な身分の老若男女が行き交っている。

源九郎たち四人は人込みのなかを歩きながら、手ぶらで歩いている町人の男だけに絞って目をやった。掏摸なら、荷物を持っていたり、何人もで歩いていることはないとみたのである。人通りは多かったが、手ぶらで歩いている男はすくなかった。

源九郎たち四人はばらばらになり、行き交うひとに目をやりながら両国橋のたもとから柳原通りにむかって歩いた。

浅草御門の前を通り過ぎて郡代屋敷の脇まで来ると、急に人通りがすくなくなった。そこから先は、柳原通りである。

「それらしい男は、いなかったな」

源九郎が安田に声をかけた。

「これだけの人出だ。いても、目にとまらなかったのかもしれんぞ」

「そうだな。引き返すか」

源九郎は孫六と茂次が近付くのを待ち、両国広小路に引き返すことを手で合図して知らせた。武士体のふたりと、町人のふたりが話していると人目を引くからである。

源九郎たち四人は来たときとすこし場所を変え、行き交うひとに目をやりながら両国橋にむかって歩いた。

両国橋のたもとまで来たが、次郎造と仲間と思われる男の姿は目にとまらなかった。

陽は頭上にあった。九ツ半（午後一時）ごろではあるまいか。

「もう一度、柳原通りまで歩いて、どこかでめしを食うか」

源九郎が安田たちに声をかけた。安田たち三人は無言でうなずき、ふたたび人込みのなかを西にむかって歩いた。

安田は、人通りのなかを遊び人ふうの男だけに目をやって歩いていた。前方に郡代屋敷が見えてきたとき、安田は、すこし離れたところを歩いている遊び人ふうの男を目にとめた。

……やつだ！

安田は胸の内で声を上げた。

頬がこけ、顎《あご》のとがった男の横顔に見覚えがあった。次郎造たちが長屋を襲ったとき、次郎造のそばにいた男である。

安田は源九郎に近付き、遊び人ふうの男を指差した。源九郎はすぐに気付き、男のそばに近寄った。

男は、安田と源九郎には気付かなかった。行き交うひとに目をやりながら、肩を振るようにして柳原通りの方へ歩いていく。大金を持っていそうな鴨《かも》を狙っているのかもしれない。

安田が通行人の陰に身を隠しながら男の左手に、源九郎は右手に身を寄せた。孫六が安田と源九郎の動きに気付いたらしく、遊び人ふうの男の背後にまわり込んだ。すると、茂次も孫六に身を寄せてきた。

源九郎たち四人は、左右と背後の三方から遊び人ふうの男を取り囲んだのだ。男は、まだ源九郎たちに気付かなかった。もっとも、源九郎たちは変装していたので、目にしても分からないだろう。

前方に群代屋敷が近づき、人通りがすくなくなってきたところで、源九郎たち四人が仕掛けた。

源九郎が足を速め、左手前方から男に近付いていった。安田は、男の右手後方にまわり込んだ。

男が、驚いたような顔をして足をとめた。網代笠をかぶった武芸者ふうの武士が、いきなり近付いてきたからだ。

源九郎は男に近付くと、網代笠の端をつまんで笠を上げて顔を見せた。

男は目を剝《む》いて源九郎を見つめ、

「てめえは！」

と叫び、反転して逃げようとした。

このとき、男の背後にまわり込んでいた安田が、スッと身を寄せ、男に当て身をみまった。一瞬の早業《はやわざ》である。

グッ、と喉のつまったような呻《うめ》き声を上げ、男は両手で腹をおさえて蹲《うずくま》った。そこへ、茂次と孫六が走り寄った。

「縄をかけろ！」

源九郎が孫六たちに声をかけた。

孫六はすぐに男の後ろにまわり込み、用意した細引を懐から取り出した。そして、茂次の手も借りて、男の両腕を後ろにとって早縄をかけた。孫六は、長年岡っ引きをやっていただけあって、手慣れていた。

そこは人通りが多かったので、源九郎たちは柳原通りまで男を連れていき、柳の樹陰にまわった。

「こやつ、どうする」

安田が訊いた。

「このまま長屋まで連れていってもいいが、人目を引くな」

源九郎は、捕らえた男を賑わっている両国広小路のなかを連れ歩くのは、どうかと思った。

「旦那、駕籠《かご》を使いやすか」

孫六が、馬喰町《ばくろちょう》に辻駕籠屋があることを話した。馬喰町は、浅草御門の前から日本橋へつづく道沿いにひろがっている。

孫六は岡っ引きのころ、この辺りも探索のために歩きまわったことがあるので、辻駕籠屋があることを知っていたらしい。

「孫六、頼む」

源九郎が言った。

「へい」

すぐに、孫六は馬喰町にむかった。

四

その日、長屋が夕闇につつまれるころ、源九郎たちは菅井の家に集まった。顔をそろえたのは、菅井、源九郎、安田、茂次、孫六の五人だった。平太は自分の家にもどっている。

源九郎たちは、捕らえてきた男を座敷のなかほどに引き出した。座敷の隅に置かれた行灯《あんどん》の明かりのなかに、源九郎たちの顔が浮かび上がっている。

男は源九郎たちに取り囲まれ、恐怖に身を顫《ふる》わせていた。

「名はなんというな」

源九郎が穏やかな声で訊いた。

「さ、佐吉《さきち》でさァ」

男は隠さずに名を口にした。もっとも、名を隠しても、どうにもならないと思ったのだろう。

「佐吉、おまえは、この長屋を次郎造たちと襲ったな」

「し、知らねえ」

佐吉が、声を震わせて言った。

「佐吉、おれたちは長屋でおまえの顔を見ているのだぞ。いまさら、隠してもどうにもなるまい」

安田が語気を強くして言った。

「おまえは、兄貴分の次郎造に言われて、この長屋を襲ったのではないのか」

源九郎が訊いた。

「そうでさァ。あっしは、次郎造の兄いに言われて、仕方なくここに来たんで」

佐吉が、源九郎に縋《すが》るような目をむけた。

「次郎造の弟分なのか」

「へ、へい」

佐吉が首をすくめて応えた。

「それなら、次郎造のことをよく知ってるな」

「……！」

佐吉が困惑したような顔をした。ごまかせないように、源九郎に誘導されていると感じたのかもしれない。

「次郎造の塒は、どこだ」

源九郎が佐吉を見すえて訊いた。

「し、知らねえ」

佐吉が声をつまらせて言った。

「佐吉、口をつぐんでいれば、次郎造や江島が助けにでもくると思っているのか。次郎造たちが、ここに踏み込んでくるとすれば、おまえを殺すためだぞ。口封じのためにな」

「……」

佐吉の顔に困惑の表情が浮いた。

「次郎造たちを当てにするより、己の罪を軽くすることを考えたらどうだ。……わしらが口添えすれば、おまえは敲《たたき》ぐらいですむかもしれんぞ」

そう言って、源九郎はあらためて次郎造の塒を訊いた。

すると、佐吉は源九郎に顔をむけ、

「次郎造兄いの塒は、柳橋にありやす」

と、うわずった声で答えた。

「柳橋のどこだ」

「橋のたもと近くにある笹菊《ささぎく》ってえ小料理屋が、兄いの塒でさァ」

佐吉によると、笹菊のおしのという女将が、次郎造の情婦《いろ》だという。

源九郎はそれだけ分かれば、次郎造はおさえられるとみて、

「江島浅次郎の塒は、どこだ」

と、声をあらためて訊いた。

「江島の旦那は、深川山本町《やまもとちよう》と聞きやした」

佐吉は、江島の住処《すみか》に行ったことはないと話した。

山本町は、五兵衛の塒のある黒江町の近くで、富ケ岡八幡宮の門前通りに面している。

「江島や次郎造は、五兵衛の身内ではないのか」

源九郎が、五兵衛の名を出して訊いた。

佐吉は顔をこわばらせ、怯《おび》えるような目をしたが、

「そうでさァ」

と、小声で応えた。

「五兵衛の身内の者は、次郎造と江島の他にも両国に来ているのか」

源九郎は、ふたりの他にもいるのではないかと思った。

「谷田部の旦那もそうでさァ」

「谷田部の他には」

すでに、谷田部ははぐれ長屋で菅井に斬られて死んでいた。

「あっしは顔を見てねえが、弥蔵《やぞう》ってえ男が来てると聞きやした」

佐吉が、弥蔵は五兵衛の若いころからの弟分であることを話した。

「弥蔵な」

源九郎は、次郎造や江島を陰で動かしているのは、弥蔵という男ではないかと思った。

「弥蔵の塒は」

「知らねえ。あっしは、次郎造兄いから両国に来てるらしいことを聞いただけでさァ」

「そうか」

源九郎が口をつぐむと、

「般若の五兵衛は、どこにいるんだい」

と、孫六が佐吉に訊いた。声に、岡っ引きだったころを思わせるような強いひびきがあった。

「黒江町と聞いてやす」

「黒江町は分かってるよ。黒江町のどこだい」

「あっしは、行ったことはねえが、五兵衛親分は情婦に料理屋をやらせ、そこにいることが多いと聞きやした」

「店の名は」

「聞いたが、忘れちまった。一ノ鳥居の近くらしい」

「一ノ鳥居な」

孫六が、つぶやいた。一ノ鳥居は、深川の富ケ岡八幡宮の門前通りにある。

孫六が身を引くと、

「ところで、佐吉、次郎造たちは、わしらのことをどうするつもりでいるのだ」

源九郎が声をあらためて訊いた。

佐吉は戸惑うような顔をして口をつぐんでいたが、

「こ、このままにしちゃァおかねえ、と話してやした」

そう言って、首をすくめた。

五

源九郎たちは、捕らえた佐吉を猪七が住んでいた家に監禁しておくことにした。しばらく様子を見て、栄造に引き渡すつもりだった。

佐吉を捕らえて訊問《じんもん》した翌日、源九郎、安田、孫六、茂次の四人が、柳橋にむかった。日を置かずに、次郎造の情婦が女将をしている小料理屋の笹菊にあたり、次郎造がいれば、捕らえようと思ったのだ。それというのも、佐吉が源九郎たちに捕らえられたことを、次郎造が察知すれば、笹菊にも寄り付かなくなるとみたからである。

源九郎たちは、両国広小路で佐吉を捕らえたときと同じように身装を変えて柳橋にむかった。

柳橋は、はぐれ長屋のある本所相生町から近かった。両国橋を渡り、両国広小路に出てすぐに右手におれると神田川がある。その河口にかかる橋が柳橋で、渡った先が柳橋と呼ばれる地だった。柳橋は老舗《しにせ》の料理屋や料理茶屋などが多いことで知られた賑やかな町である。

源九郎たちは、柳橋を渡って大川沿いの通りに出た。そこも、人通りが多かった。両国広小路から流れてきた客らしい。

「さて、どうするな」

源九郎は川岸近くに足をとめ、安田たちに訊いた。

「笹菊が、どこにあるかつきとめよう」

安田が言った。

「四人いっしょに歩くことはないな」

源九郎は、別々に聞き込んだ方が埒《らち》があくのではないかと思い、そのことを口にすると、

「一刻（二時間）ほどしたらここに集まることにして、別々に聞き込みにあたりやすか」

孫六が口をはさんだ。

「そうしよう」

源九郎たちは、その場で分かれた。

ひとりになった源九郎は、地元に住む者に訊いた方が早いと思い、川沿いの通りに目をやった。

一町ほど先に、船宿があった。川岸に桟橋があり、数艘の猪牙舟《ちょきぶね》が舫《もや》ってあった。桟橋には、船頭らしい男がふたりいた。この辺りの船宿は、吉原へ登楼する客の送迎もやっているので、船頭は舟に客を乗せる準備をしているのかもしれない。

源九郎は桟橋に下り、猪牙舟のなかにいた大柄な船頭に、

「訊きたいことがあるのだがな」

と、声をかけた。

「なんです」

船頭が大声で言った。

大川の流れが桟橋の杭《くい》に当たり、大きな水音をたてているので、小声では聞きとれないのだ。

「この辺りに、笹菊という小料理屋はあるかな」

源九郎は笹菊の名を出して訊いた。

「笹菊ねえ」

男は小首をかしげていたが、別の舟のなかにいたもうひとりの船頭に、

「浅吉《あさきち》、笹菊ってえ小料理屋を知ってるか」

と、声をかけた。

「笹菊ってえ小料理屋は、松沢屋《まつざわや》の脇にあったな」

浅吉と呼ばれた男が、大声で答えた。

大柄な船頭によると、松沢屋は柳橋でも名の知れた老舗の料理屋で、大川沿いの道を一町ほど北にむかって歩き、左手の通りに入るとすぐにあるという。

「手間をとらせたな」

源九郎はふたりの船頭に礼を言い、川沿いの通りにもどった。

大柄な船頭に言われたとおりに行ってみると、二階建ての大きな料理屋があった。その料理屋の入口の脇に掛行灯があり、「御料理　松沢屋」と記してあった。

源九郎が松沢屋の脇に目をやると、小料理屋があった。ちいさな店だが、入口は洒落《しゃれ》た格子戸になっている。店はひらいているらしく、店先に暖簾《のれん》が出ていた。

源九郎が路傍に足をとめ、小料理屋の店先に目をやっていると、背後から近付いてくる足音が聞こえた。

振り返ると、孫六だった。

「旦那、その店が笹菊ですぜ」

孫六が源九郎に身を寄せて言った。どうやら孫六は先にこの場に来て、小料理屋が笹菊であることを確認したらしい。

「どうしやす」

孫六が訊いた。

「いったん、安田たちと分かれた場所にもどろう。一刻は経ったはずだ」

「もどらずに、旦那はここにいてくだせえ。あっしが行って、安田の旦那たちをここに連れてきやすよ」

そう言って、孫六はその場を離れた。

ひとりになった源九郎は、路傍から笹菊の店先に目をやっていたが、待っている間に近所で聞き込んでみようと思い、通りに目をやった。

笹菊からすこし離れた路地沿いに白粉屋《おしろい》があった。白粉だけでなく髪油や紅も売っているらしい。店先で若い娘がふたり、あるじらしい男となにやら話していた。

源九郎は店先に足をむけた。白粉屋のあるじなら、笹菊の女将のことを知っているのではないか、と思ったのである。

源九郎が白粉屋の店先まで来ると、都合よくふたりの娘は店先から離れた。源九郎は店にもどろうとしているあるじらしい男に、

「この店のあるじか」

と、声をかけた。

「そうですが」

あるじは、訝《いぶか》しそうな顔をして源九郎をみた。老齢の武士が、白粉屋に立ち寄

ることなどなかったのだろう。

「つかぬことを訊くが、そこにある小料理屋の女将の名を知っているかな。……実は、わしの知り合いの娘が、男と駆け落ちしてな。この辺りで小料理屋をひらいたと聞いているのだ」

源九郎は適当な作り話を口にしたが、あるじの顔から訝しそうな表情は消えなかった。源九郎の話を信用しなかったのだろう。

「おしのさんですよ」

それでも、あるじは女将の名を口にした。

この店に、まちがいない。源九郎は、佐吉からおしのの名を聞いていたのだ。

「やはり、おしのか。……男が出入りしてないかな。次郎造という名だ」

源九郎が、さらに訊いた。

「次郎造さんは、おしのさんの情夫《いろ》のようですよ」

あるじが、急に声をひそめて言った。

「やはり、男といっしょか」

源九郎は渋い顔をして、手間をとらせたな、とあるじに声をかけて店先から離れた。

そのとき、源九郎は通りの先に、孫六たちの姿を目にした。ひとり多い。孫六、茂次、安田の三人の他に、平太の姿もあった。何かあったのか、四人は走ってくる。

六

源九郎は孫六たちが近付くのを待ち、

「平太、どうしたのだ」

と、すぐに訊いた。

「だ、旦那、長屋に次郎造たちが、押し入ってきやした」

平太が、声をつまらせて言った。長屋から柳橋まで走ってきたらしく、平太の顔に汗がひかっていた。

「なに、押し入ってきたと！　それで、長屋の者は無事か」

源九郎の胸に、お吟のことがよぎ《や》ったが、名は出さなかった。

「長屋の者は無事ですが、佐吉が殺られやした」

「佐吉が……」

一瞬、佐吉は巻き添えをくったか、と源九郎は思ったが、すぐに、次郎造たちは佐吉の口封じのために押し入ってきたのだと察知した。

「ともかく、長屋にもどろう」

源九郎が、その場に集まった安田たちに目をやって言った。

源九郎たちは、急いで菅井の家にむかった。菅井から、次郎造たちが押し入ったときの様子を訊こうと思ったのである。

だが、家に菅井はいなかった。長屋の住人の姿もない。

「佐吉を閉じ込めておいた家にいるはずでさァ」

平太が言った。

源九郎たちは、すぐに佐吉を監禁していた家に足をむけた。

家の前に、ひとだかりができていた。長屋の女房たちが多かった。亭主たちは、仕事で家を出ている者が多いのだ。

戸口近くにいたお熊が、源九郎のそばに走り寄り、

「は、華町の旦那、ならず者たちが押し入ってきて……」

と、声を震わせて言った。

「菅井たちは」

「なかにいますよ」

「お熊たちは、ここにいてくれ」

そう言い残し、源九郎は安田たちとともに腰高障子をあけて家に入った。

家の座敷に、三人の男の姿があった。菅井と近くの部屋に住む吉助《きちすけ》と猪之助《いのすけ》である。ふたりは、大工の手間賃稼ぎをして暮らしをたてていたが、今日は仕事がなかったのかもしれない。

菅井たち三人の膝先に、佐吉が血塗《ちまみ》れになって横たわっていた。

源九郎は座敷に上がり、菅井たちの脇から佐吉の死体に目をやった。佐吉は仰向けに倒れていた。肩から胸にかけて刃物で斜《はす》に斬り裂かれている。赤くひらいた傷口から、鎖骨が白く覗《のぞ》いていた。

「一太刀か！」

佐吉の傷は、刀で斬られたものだった。他に傷はなかった。おそらく、押し入った者に正面から袈裟《けさ》に斬られたのであろう。

「押し入ったのは、次郎造たちらしいな」

源九郎が、念を押すように菅井に訊いた。

「そうだ。佐吉を斬ったのは、江島とみていい」

菅井がけわしい顔をして言った。

「菅井、押し入った者たちを見ているのか」

「見た。ここを出て、路地木戸へ向かっていくところだがな」

菅井によると、押し入った次郎造たちは四人だという。次郎造と江島、それに遊び人ふうの男がふたりいたという。

「次郎造たちは、まっすぐここに来たのか」

源九郎がそう訊いたとき、菅井の脇に腰を下ろしていた吉助が、

「女房のお春《はる》が、この男の居所を押し入ったやつらに訊かれたようでさァ」

と、蒼《あお》ざめた顔で言った。

吉助の話によると、お春は水汲みに井戸へ行こうとして家を出たとき、押し入ってきた四人の男と鉢合わせになったという。

遊び人ふうの男が匕首をお春に突き付け、佐吉がいる家はどこか訊いたそうだ。

「お、お春は、怖くなって、ここにいることをしゃべっちまったんで」

吉助が、困惑したような顔をして言った。

「気にするな。お春がしゃべらなくても、すぐに知れることだ。それより、お春は無事だったのか」

源九郎は、お春のことが気になった。

「へい、お春には、手を出さなかったようで」

吉助が、ほっとした顔をした。

「お春が訊かれたのは、佐吉のことだけか」

黙って聞いていた菅井が、口をはさんだ。

「それが、菅井の旦那や華町の旦那のことも訊いたようでさァ」

吉助によると、お春は菅井と源九郎の住む家やいま長屋にいるかどうか訊かれたという。

「おれの居所も、訊いたのか」

菅井がけわしい顔をして言った。

「へい」

吉助は上目遣いに源九郎を見た。困惑したような顔をしている。

そのとき、源九郎の胸に、お吟のことがよぎった。次郎造たちは、源九郎の家を覗いたのではあるまいか。お吟も、襲われたのではないか、と源九郎は思ったが、すぐに否定した。お吟が襲われていれば、菅井たちが真っ先に話すはずである。

源九郎が口をつぐんでいると、

「お吟さんは、無事です」

と、平太が言った。平太は源九郎たちを呼びにいくとき、源九郎の家の戸口から顔を覗かせたお吟の姿を目にしたという。

「そうか」

源九郎はちいさくうなずいた。

「次郎造たちは、佐吉の口封じのために押し入ってきたようだ」

菅井が言った。

「それにしても、長屋をあけられないな」

源九郎は、深川へ出かけて五兵衛の居所もつかむつもりだったが、迂闊《うかつ》に長屋をあけることはできないと思った。

七

翌日、源九郎は孫六と茂次だけを連れ、浅草諏訪町にあるそば屋の勝栄に足を運んだ。栄造に事情を話し、手を借りようと思ったのである。

栄造は勝栄にいた。源九郎が栄造に三人のそばを頼んだ後、孫六が栄造に次郎

造のことを話し、

「やつは、柳橋の笹菊を塒にしているようだ」

　と、言い添えた。

「栄造に頼みがある。次郎造を捕らえては、もらえまいか」

　源九郎は、次郎造の捕縛は栄造にまかせようと思った。浅草諏訪町から両国は近い。栄造の縄張といってもいいだろう。

「あっしが、次郎造をお縄にしてもいいんですかい」

　栄造が訊いた。

「そうしてもらえるとありがたい。実は、次郎造たちに長屋を襲われてな。閉じ込めておいた佐吉が斬り殺されたのだ。それで、わしらも大勢で長屋をあけることが、できなくなったわけだ」

　佐吉は、口封じのために殺されたらしい、と源九郎が言い添えた。

「やりやしょう。お上から十手をあずかっている身として、次郎造たちをのさばらせておくわけにはいきませんや」

　栄造が顔をけわしくして言った。

「油断をするなよ。江島は次郎造といっしょにいることが多いが、なかなかの遣い手だ。それに、容赦なく斬るぞ」

「捕らえる前に、村上《むらかみ》の旦那に話しやす」

村上彦四郎《ひこしろう》は、南町奉行所の定廻り同心だった。栄造が手札をもらっている男である。

「そうしてくれ」

源九郎たちも、村上のことは知っていた。これまで、源九郎たちがかかわった事件で、村上といっしょに下手人を捕らえたことがあったのだ。

「それで、旦那たちはどうしやす」

栄造が訊いた。

「わしらは、般若の五兵衛の居所を探るつもりだ。五兵衛を何とかしないと、始末がつかないからな」

次郎造と江島を捕らえても、五兵衛が残っていれば、別の子分を使って両国に手を出してくるのではあるまいか。

源九郎は、五兵衛の居所と賭場をつきとめたら、栄造を通して村上に知らせ、捕縛にあたってもらうつもりでいた。

「あっしに、できることがあったら言ってくだせえ」

「五兵衛の居所がつかめたら、栄造にも話す。わしらだけでは、手に負えない相手なので、村上どのの手を借りることになろうな」

源九郎が言うと、脇で話を聞いていた孫六がうなずいた。孫六も、村上の手を借りなければ、五兵衛は捕らえられないとみているようだ。

その日、源九郎は長屋に帰ると、菅井の家に行く前にお吟のところに顔を出した。

「旦那ァ、今夜、また一杯やりましょうよ」

お吟が甘えるような声で言った。

「そうするか」

源九郎は、お吟と一杯やる気になった。菅井と顔をつき合わせているのに飽き飽きしていたのだ。

翌日、源九郎は孫六と茂次を連れ、深川にむかった。黒江町に行き、まず五兵衛の居所をつかもうと思ったのである。

源九郎は両国へ出向いたときのように、たっつけ袴姿に身を変え、網代笠で顔を隠した。

孫六と茂次は菅笠をかぶり、風呂敷包みを背負った。行商人のように身を変えたのである。

黒江町で五兵衛のことを聞き込むのは、敵陣のなかで探るようなものだった。よほどうまくやらないと、五兵衛の子分たちに気付かれてしまう。

源九郎たちは竪川にかかる一ツ目橋を渡り、大川端の道を川下にむかって歩いた。そして、永代橋のたもとを過ぎ、熊井町《くまいちょう》に入る手前で左手の通りに入った。その通りは、富ケ岡八幡宮の門前通りにつづいている。

内堀にかかる福島橋を渡ると前方に八幡宮の一ノ鳥居が見えてきた。その辺りから門前通りで、黒江町は一ノ鳥居の手前の通り沿いに左右にひろがっている。

門前通りは、賑やかだった。八幡宮への参詣客や岡場所目当ての遊山《ゆさん》客などが、行き交っている。深川は辰巳《たつみ》芸者と呼ばれる肌を売る女で知られた地で、女郎屋や置屋なども多かったのだ。

源九郎たちは、八幡宮の一ノ鳥居の手前まで来て足をとめた。

「佐吉の話だと、五兵衛の情婦のやっている料理屋は、この鳥居の手前らしいが」

源九郎が通りに目をやりながら言った。

「料理屋らしい店が、いくつもありやすぜ」

茂次が言った。

門前通りの両側には、料理屋、料理茶屋、そば屋、土産物屋など、参詣客や遊山客相手の店が並んでいた。

「だれかに訊いた方が早えな」

孫六が言った、

「だが、五兵衛の名を出して訊くことは、できんぞ」

この辺りで、五兵衛の名を出して訊きまわれば、源九郎たちより先に五兵衛の知るところとなろう。

「五兵衛の名は出さずに、江島や次郎造の名を出して訊いてみやすか」

孫六が、目をひからせて言った。岡っ引きだったころを思わせるような凄《すご》みのある目である。

「そうだな」

源九郎たちは別々にならず、話の聞けそうな店がないか探しながら歩いた。

「そこに、そば屋がありやすぜ」

孫六が指差して言った。

「そば屋で訊いてみるか」

源九郎たちは、腹がへっていたので、とりあえずそば屋に入って腹拵《はらごしら》えをしようと思った。そのついでに、店のあるじか小女《こおんな》に、それとなく訊いてみてもいい。

そば屋の暖簾をくぐると、小女が源九郎たちに近付いてきて、「いらっしゃい」と声をかけた。

「座敷はあいているかな」

源九郎は、他の客のいない座敷で話を訊こうと思ったのだ。

「あいてますよ」

小女によると、小上がりの奥に小座敷があるという。

八

小座敷に腰を落ち着けると、すぐに小女が注文を訊いた。源九郎は酒とそばを頼んだ後、小女に身を寄せて、

「姐《ねえ》さんは、この辺りのことに詳しいかな」

と、声をひそめて訊いた。

「この店に、三年ほど勤めているけど……」

小女は、戸惑うような顔をした。いきなり、見ず知らずの客に訊かれたからだろう。

「次郎造という男の名を聞いたことはないかな」

源九郎は、次郎造の名を出した。

「次郎造さんねえ」

小女は、小首をかしげた。

「実は、わしの姪《めい》がな。この辺りで次郎造という男に襲われて、手込めになりそうになったのだ。噂を聞いたことはないかな」

源九郎は、小女から聞き出すために作り話を口にした。

「聞いたことないけど」

小女はそう言ったが、目に好奇の色があった。こうした噂話が好きらしい。

「次郎造は悪い男でな、姪の他にも、手込めになった娘がいるのだ」

「ひどい男ね」

小女は、眉《まゆ》を寄せた。

「次郎造は遊び人らしい。いまはいないようだが、この辺りを遊び歩いていたようだぞ」

「どんな男なの」

小女が訊いた。

「遊び人のような恰好《かっこう》をしていてな、人出の多いところを歩いていることが多いようだ。掏摸という噂もある」

「掏摸なの」

小女は眉を寄せたが、身を乗り出すようにして源九郎を見た。源九郎の話に、興味をもったようだ。

「そうらしい。……次郎造という名はともかく、遊び人のような男をこの辺りで見掛けたことはないかな。この近くにある料理屋に出入りしているらしいのだ」

「料理屋の名は、なんというの」

小女が訊いた。

「店の名は、分からないな」

源九郎がそこまで話すと、

「五兵衛という男の名を聞いたことがあるかい」

孫六が訊いた。

「あるけど……」

小女の顔に、困惑と怯えの色が浮いた。五兵衛は恐ろしい男だと聞いているのではあるまいか。

「五兵衛は料理屋にいるらしいが、この近くにあるのか」

さらに、孫六が訊いた。

「島田屋《しまだや》さんと、聞いたことがあります」

小女は小声で言った後、

「あたし、話し込んでいると、旦那に叱られる」

と、うわずった声で言い、逃げるように小座敷から出ていった。

「うまく訊き出しやしたね」

茂次が感心したような顔をして源九郎と孫六に目をやった。

源九郎たちは運ばれた酒で喉を潤し、そばで腹拵えをしてから店を出た。三人は通りに出ると、近くにあった下駄屋《げたや》に立ち寄って島田屋のことを訊いてみた。

「島田屋さんなら、ここから一町ほど歩いた先ですよ」

あるじは、店の脇に松の植木があるので、目印にするといいと教えてくれた。

「行ってみよう」

源九郎たちは、富ケ岡八幡宮にむかって半町ほど歩いた。

「あれだな」

源九郎が指差した。

二階建ての大きな料理屋だった。入口の脇に、細い松とつつじの植え込みがあった。店先に暖簾が出ている。

源九郎たちは通行人を装って料理屋の店先に近付いてみた。戸口の掛行灯に、島田屋と記されていた。

「まちがいない。それにしても、なかなかの店だな」

源九郎たちは島田屋の前を通り過ぎ、すこし離れた路傍に足をとめた。

「どうしやす」

孫六が訊いた。

「はたして、島田屋に五兵衛がいるかどうかだな。それに、賭場《とば》をひらいているなら、賭場がどこにあるかも知りたい」

源九郎は、五兵衛が賭場に顔を出すときを狙って仕掛ければ子分たちもすくなく、島田屋に踏み込むより捕らえやすいとみた。同心の村上に話すとしても、賭場のある場所がはっきりすれば、捕方を向けやすいはずだ。

「島田屋の者に訊くわけにはいかねえし、土地の遊び人か地まわりにでも訊くしか手はありませんや」

　孫六が言った。

「話の聞けそうな者はいないかな」

「そう言われてもな」

　孫六は首をかしげていたが、

「八幡さまの近くなら、遊び人や地まわりがたむろしてるかもしれねえ。これから行ってみやすか」

　そう言って、源九郎と茂次に目をやった。

「せっかくここまで来たのだ。八幡宮まで行ってみよう」

　源九郎たちは、門前通りを東にむかって歩いた。

　しばらく歩くと、源九郎たちは富ケ岡八幡宮の門前に出た。大勢の参詣客や遊山客が行き交い、賑わっていた。門前の鳥居の脇に茶屋があり、その脇に冷水売り、屋台の稲荷寿司売りなども出ていた。参詣客がたかっている。

「茶屋のそばにいるふたりに、訊いてみやす」

　そう言って、孫六が茶屋の脇でたむろしていたふたりの遊び人ふうの男に近付いた。

源九郎と茂次は、すこし離れたところで孫六に目をやっていた。孫六に何かあれば、駆けつけるつもりだった。

孫六はふたりの男と何やら話していたが、いっときすると源九郎たちのところにもどってきた。

「何か知れたか」

源九郎が、来た道を引き返しながら訊いた。その場に立ったまま話すと、人目を引くのだ。

孫六と茂次も、源九郎に並んで歩きだした。

「島田屋に、五兵衛はいるそうでさァ」

孫六が歩きながら言った。

「やはり、そうか」

「五兵衛の子分たちは客の目に触れねえように、店の裏手から出入りしてるそうですぜ」

「賭場のことで、何か知れたか」

源九郎が訊いた。

「黒江町にあるような口振りだったが、やつら賭場がどこにあるか話さねえんでさァ」

孫六によると、ふたりの男は賭場のことになると警戒して言葉を濁したという。

「賭場も、黒江町のどこかにあるのではないかな」

源九郎は、黒江町界隈で聞き込めば知れるだろうとみた。

「今日のところは、長屋に帰ろう」

源九郎が言った。

陽は西の空にまわっていた。はぐれ長屋に着くころは、暮れ六ツ（午後六時）を過ぎているのではあるまいか。

第四章　人　質

一

「華町、今日も深川へ行くのか」

菅井が湯飲みを手にしたまま訊《き》いた。

源九郎と菅井は、朝めしを食った後、菅井が淹《い》れた茶を飲んでいた。ふたりがいるのは、はぐれ長屋の菅井の家である。几帳面《きちようめん》な菅井は、今朝も早く起きてめしを炊き、朝めしの支度をして同居している源九郎にも食べさせたのだ。

「そのつもりだ」

一昨日、源九郎は孫六、茂次の三人で深川黒江町に出掛け、五兵衛が料理屋の島田屋に住んでいることを確かめた。さらに、昨日も三人で黒江町に出掛け、五兵衛が貸元をしている賭場《とば》をつきとめようとした。だが、黒江町に賭場があるらしいことは分かったが、どこにあるかはまだつかめなかった。

「賭場を探すのか」

菅井が訊いた。

「そのつもりだ。賭場がつきとめられれば、村上どのに話して、五兵衛を捕らえることができるからな」

源九郎は、五兵衛が貸元として賭場へ出掛けるときを狙えば、五兵衛はもとより主だった子分たちも一網打尽にできると踏んでいた。

「華町、今日はおれも行こうか」

菅井が言った。

「いや、菅井は長屋にいてくれ。いつ、次郎造や江島たちが踏み込んでくるか知れないからな」

「長屋にいるのもいいが、暇でな。……それに、次郎造たちが、長屋に踏み込んでくるようなことはないのではないか」

菅井が生欠伸《なまあくび》を噛み殺して言った。

「いや、分からん。五兵衛たちは、両国界隈《かいわい》を自分たちの縄張にすることを諦めてないはずだ。そのためには、わしらが邪魔なのだ。……隙をみて、長屋を襲うことは十分考えられる」

「安田がいれば、何とかなるのではないか」

菅井が湯飲みを手にしたまま言った。

「いや、菅井と安田のふたりが残っていた方がいい」

「長屋にいても、やることがないのだ」

菅井が渋い顔をした。

「そうだ。安田と将棋をやったらどうだ」

「将棋か」

菅井の声が大きくなった。

「安田が言ってたぞ。菅井どのから、将棋の手解《てほど》きを受けたいとな」

「安田が、そんなことを言ってたのか」

菅井の顔がほころんだ。

「それにな、安田も、やることがなくて困っているはずだ。一日中、将棋をつきあうかもしれんぞ」

「よし、今日は安田と将棋を指そう」

菅井が意気込んで言った。

「では、行ってくる」

源九郎は、傍らに置いてあった大刀を手にして立ち上がった。

源九郎は戸口から出ると、お吟のいる自分の家に立ち寄った。お吟は、すでに朝餉《あさげ》を食べ終え、茶を飲んでいた。

「朝御飯は、食べたの」

お吟は、すぐに腰を上げた。源九郎のために、めしの支度をするつもりらしい。

「菅井のところで、食べてきた。……これから、深川へ行くつもりだ」

お吟は、上がり框《がまち》近くに腰を下ろし、

「ねえ、旦那、あたしもいっしょに行こうか」

と、源九郎の顔を見上げて訊いた。お吟も、ひとりで家にこもっているのに辟易《へきえき》しているようだ。

「駄目《だめ》だ。お吟は、ここにいてくれ」

お吟が黒江町界隈へ出掛けたら、敵陣のなかに踏み込むようなものである。

「だって、ひとりでいても、つまらないんだもの」

お吟が拗《す》ねたような顔をした。

「もうすこしの辛抱だ。五兵衛のことがだいぶ知れてきたのでな。四、五日もすれば、始末がつくかもしれんぞ。そうすれば、お吟も、浜乃屋にもどれる」

「四、五日なの」

お吟が念を押すように訊いた。

「たぶんな」

はっきりしたことは、分からなかったが、そう長い先ではないだろう、と源九郎はみていた。

「あたし、ここにいるから、早く帰ってきて」

そう言って、お吟は戸口まで出て源九郎を見送った。

源九郎が路地木戸のところまで行くと、孫六と茂次が待っていた。

「さァ、出掛けよう」

源九郎が孫六たちに声をかけた。

三人は路地木戸から通りに出た。五ツ（午前八時）を過ぎたころだが、曇天のせいか、薄暗かった。いつもより、路地の人影はすくないようだ。

「旦那、今日は蛤町《はまぐりちょう》の近くに行ってみやすか」

孫六が言った。

「そうだな」

深川蛤町は、黒江町と入堀を隔てた南側にひろがっていた。黒江町とは橋でつながっている。

「賭場があるのは、表通りから離れたところだろうからな」

源九郎たちはそんな話をしながら、竪川沿いの通りにむかった。


長屋の路地木戸の近くの樹陰から、源九郎たちの後ろ姿を見つめているふたりの男がいた。

ひとりは次郎造でもうひとりは、弥蔵の子分の伊之助《いのすけ》という男だった。

「おれたちに歯向かっているのは、あいつらだよ」

次郎造が、顔に憎悪の色を浮かべて言った。

「年寄りじゃァねえか」

「あれで、なかなか腕がたつのよ」

「あいつら、どこへ行くんだい」

「黒江町だよ。般若の親分を嗅《か》ぎまわっているようだ」

「親分に知らせて、殺《や》っちまうか」

伊之助が意気込んで言った。

「やつらをやるより、いい手があるんだ。長屋の連中が、みんなおとなしくなるような手がな」

次郎造は口許に薄笑いを浮かべ、伊之助とともにその場を離れた。

二

菅井は安田を家に連れてくると、

「めしは、食ったのか」

と、猫撫《ねこな》で声で訊いた。

「まだだ」

安田は、まだ朝めしを食ってなかった。

「めしが残っている。握りめしにしておいたのだが、食うか」

「それはありがたい。これから、めしを炊くのは、面倒なのでな。昼まで待って、川沿いにある一膳めし屋にでも行くつもりだったのだ」

「昼まで待つことはない」

菅井はそう言って、座敷に置いてあった飯櫃《めしびつ》の蓋《ふた》をとった。握りめしがふたつあった。

「ふたつだけか」

「おれは、華町といっしょに食った。このふたつは、安田の分だ」

「悪いな」

安田が握りめしに手を伸ばすと、

「待て、その前にやることがある」

菅井が声高に言った。

「な、なんだ」

「将棋だ。将棋を指しながら、食えばいい」

「まァ、いいだろう。握りめしをいただくのだ。将棋の相手ぐらいしないとな」

そう言って、安田は飯櫃のなかの握りめしを手にした。

ふたりは将棋盤に駒を並べ、将棋を指し始めた。小半刻（三十分）も経ったろうか。安田が、ふたつの握りめしを食い終えたときだった。

戸口に走り寄る足音がし、腰高障子がいきなりあけはなたれた。顔を出したのは平太だった。

「大変だ！　次郎造たちが、踏み込んできた」

平太が、菅井たちの顔を見るなり叫んだ。

「なに、踏み込んできたと！」

菅井が立ち上がり、座敷の隅に置いてあった刀をつかんだ。

安田も脇に置いてあった刀を手にして立ち上がった。長屋の井戸端近くで男の怒声や女の悲鳴がおこり、何人もの足音が聞こえた。

平太につづいて、菅井と安田が戸口から外へ出た。

「あそこだ！」

平太が井戸のある方を指差した。

大勢だった。六、七人の男が、路地木戸の方からこちらに走ってくる。近くにいた長屋の女房や子供たちが悲鳴を上げて逃げ惑い、近くの家に飛び込んだり、芥溜《ごみた》めの脇へ隠れたりした。

「おい、武士が三人いるぞ！」

安田が声を上げた。

踏み込んできた男たちのなかに、三人の武士がいた。江島と、初めて見る武士がふたり。ひとりは牢人体の男で、総髪だった。大刀を一本落とし差しにしている。もうひとりは、小袖に袴姿だった。浅黒い顔をした長身の男である。

他の四人は、町人だった。次郎造がいる。他の三人は、遊び人ふうの男がふたり、腰切半纏《こしきりばんてん》に黒股引《くろももひき》姿の職人ふうの男がひとりである。四人は三人の武士とともに、源九郎の家のある方へ走っていく。

「やつらを通すな！」

菅井が叫びざま、七人の男たちにむかって走った。

安田も菅井につづいた。平太は、近くの家の戸口に身を寄せて動かなかった。七人の男たちに立ち向かっても相手にならない、と自覚していたのだ。

江島が走り寄る菅井を目にし、

「やつは、おれが相手をする！」

と叫び、菅井の前に立ちふさがった。

「もうひとりは、おれだ！」

総髪の男が、安田の前にまわり込んできた。すると、腰切半纏姿の男が、懐から匕首《あいくち》を取り出し、安田の左手にまわった。

「こっちだ！」

次郎造が叫び、源九郎の家の方へ走った。

次郎造の後に、長身の武士とふたりの遊び人ふうの男がつづいた。四人は源九郎の家の方へ走っていく。

菅井は江島と対峙《たいじ》した。左手で刀の鯉口《こいぐち》を切り、右手で刀の柄《つか》を握ると、腰を沈めて居合の抜刀体勢をとった。

……早くこいつを始末しないと！

菅井は、次郎造たち四人が、源九郎の家へむかったのを目にしたのだ。源九郎の家には、お吟がいる。

対する江島は抜刀すると、八相に構えた。刀身を寝かせ、切っ先を右手にむけた。低い構えである。

「居合か」

江島は菅井の抜刀体勢をみてつぶやいた。菅井を見すえた双眸《そうぼう》が、切っ先のような鋭いひかりを宿している。

……遣い手だ！

菅井は、江島の構えを見て察知した。

江島の構えには隙がなく、上から覆いかぶさってくるような威圧感があった。

このとき、安田は総髪の男と対峙していた。安田は青眼。総髪の男は下段に構えている。

安田は対峙した総髪の男に不気味なものを感じた。総髪の男には覇気がなく、ぬらりと立っているだけに見えたが、隙がなかった。それに、総髪の男には、多くのひとを斬ってきた者の持つ残忍さと荒々しさがただよっていた。

「おぬしの名は」

安田が訊いた。

「名無し……」

総髪の男がくぐもった声で言った。

「いくぞ」

先《せん》をとったのは、総髪の男だった。足裏を摺《す》るようにして、ジリジリと安田との間合をせばめてくる。

三

お吟は、源九郎の家の座敷にいた。源九郎の古い小袖を持ち出し、繕い物をしていたのだ。

長屋の井戸の方で、大勢の足音、女や子供の叫び声、腰高障子をあけしめするような音などが聞こえた。

……次郎造たちが、踏み込んできたのかもしれない。

お吟は手にした針を針刺しに刺して立ち上がり、様子を見ようとして土間に下りた。

腰高障子のむこうで、男たちの叫び声や大勢の足音が聞こえた。足音は、こちらに近付いてくる。お吟は、障子の破れ目から外を覗《のぞ》いた。

……こっちに来る！

四人の男が、すぐ近くまで来ていた。先に立っているのは、次郎造である。お吟は、以前次郎造たちが長屋に踏み込んできたとき、その姿を目にしていたのだ。武士もいた。すでに、抜き身を手にしている。

逃げられない！　と、お吟は思った。外に出て逃げる間はなかった。お吟は座敷に上がると、身を隠す場所を探した。そして、座敷の隅にあった枕屏風の陰にまわろうとした。

そのとき、ガラリと腰高障子があいた。

「いたぞ！　お吟だ」

次郎造が叫んだ。

ドカドカと、四人の男が土間に踏み込んできた。

「あたしに、近寄るんじゃァないよ！」

叫びざま、お吟は座敷の隅に置いてあった掻巻《かいまき》を手にして、土間に立っている次郎造にむかって放り投げた。

掻巻は次郎造までとどかず、上がり框近くに、バサリと落ちた。

「じたばたするんじゃァねえ！」

次郎造が、座敷に踏み込んできた。匕首を手にしている。

次郎造につづいて、長身の武士、さらに遊び人ふうの男がふたり、上がり框から座敷に上がった。

お吟は恐怖に身が顫《ふる》えたが、目をつり上げ、衣桁《いこう》に掛けてあった小袖をつかんで投げつけようとした。

そこへ、長身の武士がスッと身を寄せ、

「動くな！　斬るぞ」

と言って、切っ先をお吟の喉元にむけた。

お吟は小袖をつかんだまま、その場につっ立った。体が、激しく顫えている。

「おとなしくしな」

次郎造がお吟の脇から近寄り、お吟の手にした小袖を奪いとった。

そこへ、遊び人ふうの男がふたり近寄り、お吟の両腕を後ろにとって細引で縛り、猿轡《さるぐつわ》をかました。初めから、そうするつもりで細引や猿轡をかませる布を用意したようだ。

「この女に、目隠しをして連れ出せ」

長身の武士が、指示した。

すぐに、ふたりの遊び人ふうの男が、手ぬぐいでお吟に目隠しをした。

菅井は江島と対峙していた。

すでに菅井は抜刀し、脇構えにとっていた。江島の右袖が裂けている。菅井の居合の抜き付けの一刀を浴びたようだが、血の色はなかった。江島は小袖を裂かれただけらしい。

「居合が抜いたな」

江島の口許に、薄笑いが浮いていた。居合は抜刀してしまえば、威力が半減することを知っているのだ。

菅井は江島を見すえたまま、江島との間合と気の動きを読んでいた。菅井は脇構えから、居合を抜き付ける呼吸で逆袈裟《ぎやくげさ》に斬り上げるつもりだった。

「いくぞ！」

江島が声を上げ、間合をつめ始めた。

そのとき、源九郎の家の方から、次郎造たち四人が、お吟を連れてこちらにむかってきた。

江島は次郎造たちの姿を目の端にとらえると、すばやい動きで後じさり、菅井との間合を大きくとってから、

「菅井、勝負はあずけた」

そう言って、さらに後じさった。

菅井はこちらに足早にむかってくる次郎造たちの姿を目にすると、抜き身を手にしたまま次郎造たちに近付こうとした。

「菅井、動くな！」

お吟の脇にいた長身の武士が、手にした刀の切っ先をお吟の首にむけ、

「動けば、この女の命はないぞ」

と、鋭い声で言った。

「おのれ！」

菅井が叫んだ。憤怒に目をつり上げ、歯を剝《む》き出した。般若のような顔が、赭《あか》黒《ぐろ》く染まっている。

このとき、安田は総髪の男と対峙していた。安田の小袖の脇腹が裂けている。敵の切っ先をあびたようだが、血の色はなかった。

一方、総髪の男も左袖が裂け、二の腕があらわになっていた。こちらも斬られたのは袖だけらしく、あらわになった腕は無傷だった。

総髪の男は、目の端に次郎造たちの姿をとらえると、下段に構えたまますばやい動きで身を引いた。

安田は総髪の男にかまわず、お吟の方へ走り寄ろうとしたが、動けなかった。長身の武士が、手にした刀の切っ先をお吟の首筋にむけ、

「動けば、この女を斬る！」

と叫んだからである。

次郎造たち七人は、お吟を取り囲むようにして路地木戸の方へむかった。

菅井、安田、平太の三人は、次郎造たちの後を追ったが、近付くことはできなかった。お吟の首筋に切っ先がむけられていたからである。

次郎造たちは長屋の路地木戸から外へ出ると、お吟を連れて足早に竪川の方へ

むかった。

「あっしが、やつらの後を尾《つ》けやす」

平太は路地木戸から飛び出すと、路地沿いの店や樹陰などに身を隠しながら次郎造たちの跡を尾けた。

菅井と安田は、路地木戸の脇に立ったまま平太がもどるのを待っていた。

平太がその場を離れて、小半刻（三十分）も経ったろうか。平太が肩を落として、帰ってきた。

「どうした、平太」

すぐに、菅井が訊いた。

「に、逃げられやした」

平太が声をつまらせながら、次郎造たちは竪川にある桟橋に用意してあった猪牙舟《ちょきぶね》にお吟を乗せ、大川の方へむかったことを話した。

平太は舟が大川に出て、下流へむかうのを見届けてから長屋にもどったという。

「やつら、お吟さんを攫《さら》うつもりで舟まで用意したのか」

菅井の顔が、悔しさにゆがんだ。

四

「なに、お吟を連れ去ったと！」

源九郎が息を呑んだ。

源九郎たちが長屋の木戸門をくぐり、長屋の方へ歩いているとき、菅井、安田、平太が走り寄り、お吟が次郎造たちに連れ去られたことを話したのだ。

「すまん、おれたちが長屋にいながら、このざまだ」

菅井が顔をしかめて言った。

「やつらが、お吟さんを狙ってきたとは思わなかったのだ」

安田が無念そうな顔をした。

「それで、長屋の者は無事なのだな」

源九郎は、自分の家の方へ足早に歩きながら訊いた。

「みんな無事だ」

「それは、よかった」

源九郎はそう言ったが、お吟のことが心配だった。

源九郎は、自分の家の腰高障子があいたままになっているのを目にした。なかは薄暗かった。土間に入ると、座敷に投げ出されている搔巻と小袖が目に入った。お吟が、抵抗した跡らしい。

源九郎は座敷に上がった。後からついてきた菅井、安田、平太、それに深川にいっしょに行った孫六と茂次も座敷に上がってきた。

六人の男は、肩を落としたまま座敷のあちこちに腰を下ろした。口をひらく者がなく、座敷は重苦しい闇につつまれた。

「次郎造たちは、初めからお吟を連れ去るつもりで踏み込んできたのだな」

源九郎がつぶやくような声で言った。

「まちがいない。やつら、他の家には目もくれなかったからな」

菅井の細い双眸が、闇のなかでうすくひかっている。

「何のためだ」

お吟を連れ去って、女郎屋にでも売り飛ばすつもりか、と源九郎は思ったが、すぐに否定した。そんなことのために、七人もの男が危ない橋を渡って女ひとりを攫ったりするはずがない。

すると、黙って聞いていた孫六が、

「人質かもしれねえ」

と、つぶやいた。

「人質だと」

すぐに、源九郎が聞き返した。

座敷にいた菅井たちの目が、孫六にむけられた。

「そうでさァ。あっしらが手を出せば、お吟さんの命はねえと言って脅し、あっしらを動けねえようにするつもりでさァ」

「そうかもしれん」

源九郎が、顔をけわしくしたままうなずいた。


孫六の読みはあたった。

お吟が攫われた翌日、源九郎の家に、源九郎、菅井、安田、孫六の四人が集まって、どうしたものかと相談しているところに、次郎造と江島、それに総髪の牢人の三人が、姿を見せたのだ。

「お吟を、どうした!」

源九郎が叫びざま、脇に置いてあった刀を手にして立ち上がった。

菅井と安田も刀を手にして立ち上がり、土間にいる次郎造たち三人に斬りかかる気配を見せた。

「いいのかい、お吟を殺しちまっても」

次郎造が、薄笑いを浮かべて言った。

源九郎、菅井、安田の動きがとまった。三人は刀の柄に右手を添えたまま、睨《にら》むように次郎造たちを見すえている。

「おれたちが帰らねえと、お吟を殺すことになってるのよ」

次郎造はそう言うと、懐から簪《かんざし》を取り出し、

「こいつに見覚えがあるだろう」

そう言って、簪を上がり框近くの座敷に置いた。

「お吟のものだ」

源九郎は、簪に見覚えがあった。お吟が、ふだん髷《まげ》に挿していた玉簪である。

「お吟はおれたちが預かっている。まだ、生きている証《あか》しに、この簪を持ってきたのよ。殺してりゃァ、髪を切ってきたぜ」

「どういうつもりだ」

源九郎が次郎造を見据えて訊いた。

「人質だよ」

「そうよ。……おれたちが七人もでここに乗り込んできたのは、お吟を生きたまま連れて帰るためよ」

「なに、人質だと」

「うぬ……」

源九郎は、次郎造を睨むように見すえた。

「いいか。今日から、おれたちにいっさい手を出すな。おめえたちが、おれたちに手を出せば、今度は簪ではなく、お吟の髪をとどけることになるぞ」

次郎造の顔から薄笑いが消え、双眸が鋭いひかりをはなっている。

源九郎たちが顔をけわしくしたまま黙り込んでいると、

「おぬしたち三人は、なかなかの遣い手だ。……ちかいうちに勝負をつけることになるとみていたが、いつになるかな」

江島がそう言って、薄笑いを浮かべた。

すると、総髪の男が安田に目をやり、

「安田、おとなしくしていれば、斬らずにおいてやるぞ」

と、低い声で言った。

「おのれ！」

安田が腰を上げ、手にした刀を抜こうとした。

「よせ、安田！」

源九郎がとめた。これはただの脅しではない。次郎造たち三人が帰らなければ、五兵衛たちは、お吟を人質にとることをやめて始末するだろう。

安田は悔しそうに顔をしかめたまま動きをとめた。刀の柄を握りしめた手が、小刻みに震えている。

「これで、おぬしらと顔を合わせることはないかもしれんな」

そう言って、江島は後じさり、あいたままになっていた腰高障子の間から外に出た。

江島につづき、次郎造と総髪の男も外に出た。

江島たち三人の足音が戸口から離れると、源九郎たちも外に出た。江島たちの後ろ姿が見えた。江島たちは、路地木戸の方へ小走りにむかっていく。

「おのれ！」

安田が江島たちの後を追おうとした。

「よせ、安田」

源九郎がとめた。

江島たちを追っても、どうにもならなかった。お吟を人質にとられている。このままでは、江島たちだけでなく、五兵衛にも弟分の弥蔵にも手出しできないのだ。

五

次郎造たちが長屋に来た翌日、陽が西の空にまわってから、源九郎は孫六を連れて、浅草諏訪町にむかった。栄造と会い、町方の動きを訊くとともに、栄造に頼みたいことがあったのだ。

「旦那、出歩いてもいいんですかい」

孫六が心配そうな顔をして訊いた。

「なに、わしらは黒江町に出掛けて五兵衛の身辺を探ることをやめたのだ。それだけで、五兵衛も次郎造たちも、おれたちがおとなしくしてるとみているはずだ。それに、わしらと栄造のかかわりは知らないだろう」

ふたりは、そんなやり取りをしながら両国広小路を経て浅草橋を渡った。そして、浅草御蔵の前を通り過ぎて諏訪町に入り、そば屋、勝栄の店先まで来た。

店のなかから、男たちの声が聞こえた。何人か、客がいるらしい。

源九郎と孫六が暖簾《のれん》をくぐって店に入ると、栄造の女房のお勝が、追い込みの板敷きの間にいた。客にそばを運んできたところらしい。

「あら、いらっしゃい」

お勝が笑みを浮かべて言った。

「栄造はいるかい」

孫六が訊いた。

「いますよ。すぐに、呼んできます」

お勝はそう言い残し、板場に入った。

お勝と入れ替わるように、栄造が板場から出てきた。前垂れをかけていた。店を手伝っていたらしい。

源九郎たちは、客に話が聞こえないように板敷きの間の隅に腰を下ろした。そこは、以前栄造と話した場所である。

源九郎が、栄造にそばと酒を頼んだ。

「お勝に話してきやす」

栄造はそう言い残し、板場に入ったが、すぐにもどってきた。

源九郎は栄造が腰を下ろすのを待って、

「実は、お吟を人質にとられたのだ」

と、声をひそめて言った。

「人質に!」

栄造が驚いたような顔をした。

「そうだ。おれたちが、五兵衛たちに手を出せば、すぐにもお吟を殺すと言ってきた」

「……!」

栄造は息を呑んだ。

「ただの脅しではない。わしらが深川に出掛けて五兵衛のことを探れば、お吟は殺されよう」

源九郎が深刻な顔をした。

「汚ねえことをしやがる」

栄造の顔が怒りで赭黒く染まった。

つづいて口をひらく者がなく、三人は沈痛な顔をしていたが、

「それで、どうだ、笹菊の様子は」

源九郎が訊いた。

　栄造は、笹菊にあたっていたはずである。源九郎たちは、柳橋にある小料理屋、笹菊の女将《おかみ》のおしのが次郎造の情婦《いろ》であり、ときおり次郎造が笹菊に顔を出すらしい、と栄造に話してあったのだ。

「次郎造は、笹菊に顔を出すようでさァ。村上の旦那に話したら、しばらく次郎造を泳がせて、両国に来ているらしい五兵衛の弟分の弥蔵の居所をつかんでから、次郎造をお縄にしたいと言ってやした」

「そうか」

　源九郎は、村上の胸の内が分かった。下手に次郎造を捕らえると、肝心の弥蔵を取り逃がすとみているようだ。

「だが、このままでは、手も足も出ん」

　源九郎の顔が、苦渋にゆがんだ。

　栄造はいっとき表情を硬くして、虚空を睨んでいたが、

「旦那、次郎造の弟分をお縄にしやすか」

と、源九郎に顔をむけて言った。

「弟分をつかんだのか」

「へい、彦助《ひこすけ》ってえやつで、笹菊に次郎造とあらわれたとき、跡を尾けて塒《ねぐら》をつ

かんだんでさァ」

栄造によると、彦助は掏摸《すり》のひとりで、両国広小路で仕事をすることが多いそうだ。

「掏摸を捕らえたことにして、あっしらが番屋に引っ張れば、旦那たちがかかわったことは次郎造たちにも知れませんや」

栄造が、言い添えた。番屋は、自身番のことである。

「そうだな」

「それに、彦助が口を割れば、お吟さんの監禁場所が分かるかもしれねえ」

栄造が目をひからせて言った。腕利きの岡っ引きらしい鋭い目をしている。

「栄造、いい手だ！」

思わず、源九郎が声を上げた。

そのとき、お勝が酒肴《しゅこう》を運んできた。肴《さかな》は、冷《ひ》や奴《やっこ》と茄子《なす》の漬物だった。お勝は肴の載った膳を源九郎たちの膝先に置きながら、

「すぐに、そばも用意しますよ」

と言って、その場を離れた。男たちの話の邪魔をしないように気を使ったらしい。

「一杯、やってくだせえ」

栄造が銚子を手にし、源九郎と孫六の猪口《ちょく》に酒をついでくれた。

源九郎は猪口の酒を飲み干した後、

「栄造、頼みがある」

と、声をあらためて言った。

「なんです」

「わしも、彦助から訊きたいことがあるのだ。彦助を捕らえたときに、わしに知らせてくれんか」

源九郎は、お吟の居場所だけでなく、監禁場所の警備の様子も知りたかった。お吟は、源九郎たちの手で助け出したかったのである。

「承知しやした」

栄造がちいさくうなずいた。

六

源九郎は、連日平太を諏訪町の栄造の許にやり、連絡にあたらせた。平太は栄造の下っ引きとして探索にあたることがあったので、不審を抱かれるようなことはないはずである。

平太が栄造との連絡にあたるようになってから五日後、陽が西の空にまわったころ、平太が源九郎の家に顔を出した。

「旦那！　親分が彦助をお縄にしやした」

平太が源九郎の顔を見るなり声を上げた。だいぶ急いで来たらしく、平太の顔に汗がひかっている。

「捕らえたか！」

「へい」

「それで、捕らえた彦助はどこにいる」

「諏訪町の番屋にいやす」

平太によると、栄造はふたりの手先とともに彦助の住む長屋に踏み込み、捕らえて番屋に連行したという。

「すぐに行く」

源九郎は平太に孫六を呼んでくるよう頼んだ。孫六は、長屋にいるはずである。

平太はすぐに戸口から飛び出し、いっときすると、孫六を連れてもどってきかった。

源九郎、孫六、平太の三人は、急いで長屋の路地木戸から出ると、諏訪町にむかった。

孫六が意気込んで言った。

「旦那、平太から聞きやした。行きやしょう」

た。孫六も慌てて来たらしく、息が乱れていた。

諏訪町に入ったのは、陽が西の家並の向こうに沈むころだった。

「こっちでさァ」

平太は、栄造が彦助を連行した番屋のある場所を知っていたのだ。

諏訪町の表通りの四辻の角にあった番屋の前までくると、平太が「ここですぜ」と言って、指差した。

すぐに、源九郎たち三人は番屋に入った。土間には、袖搦《そでがら》み、突棒《つくぼう》、刺股《さすまた》などの長柄《ながえ》の捕具が置かれ、壁には捕物のおりに使われるいくつもの提灯《ちょうちん》がかかっていた。

土間の先の座敷に、六人の男がいた。栄造、番人らしい男がふたり、栄造の手先らしい男がふたり、それに後ろ手にしばられた男である。縛られた男が彦助であろう。彦助はまだ若く、二十歳前後と思われた。痩身で、顎《あご》がとがっていた。

すこし、猫背である。

彦助の瞼《まぶた》が腫《は》れ、額に青痣《あおあざ》ができていた。捕らえられるときに抵抗し、栄造たちの十手で殴られたのかもしれない。

「華町の旦那、ここへ」

栄造が手招きした。

源九郎たち三人が座敷に上がると、ふたりの番人が腰を上げ、

「てまえたちは、隣の番小屋にいやす」

と言って、番屋から出ていった。源九郎たち三人が座るには、座敷が狭かったのである。

番屋のそばには、番太のいる番小屋があった。江戸の各町には、自身番と番屋が置かれ、町の治安と火の番などにあたっていたのだ。

源九郎は栄造の脇に腰を下ろし、孫六と平太は、源九郎の後ろに座った。

栄造は、すでに彦助から次郎造と弥蔵のことを訊いていることを話し、

「弥蔵の居所が知れそうでさァ」

と、小声で言った。

「そうか」

弥蔵の居所が知れれば、村上は弥蔵を捕らえるために動くかもしれない。源九郎は、その前にお吟の監禁場所をつきとめて助け出したかった。

「後は、華町の旦那から訊いてくだせえ」

栄造が、声をひそめて言った。

源九郎は彦助を見すえ、

「次郎造を、知っているな」

と、まず次郎造の名を出して訊いた。

「へ、へい」

彦助は隠さずに答えた。おそらく、栄造に次郎造とのかかわりは訊かれていたのだろう。

「江島浅次郎はどうだ」

源九郎は江島の名を出した。

「江島の旦那も、知ってやす」

彦助が、上目遣いに源九郎を見ながら答えた。

「次郎造や江島たちが、伝兵衛店に押し入ったことは」

「それも、次郎造兄いから聞きやした」

彦助はすぐに答えた。栄造に話したことで、隠す気が失《う》せたのかもしれない。

「伝兵衛店から、娘を連れ去ったことは」

お吟はすこし薹《とう》が立っていたが、源九郎は娘と言っておいたのだ。

「聞きやした」

「次郎造たちは、その娘をどこへ連れていった」

源九郎の語気が鋭くなった。

「……」

彦助は、戸惑うような顔をして源九郎を見た。話せば、仲間たちを裏切ると思っているのかもしれない。

「彦助、話さなければ、次郎造たちが助けに来るとでも思っているのか。……佐吉という男を知っているな」

源九郎が佐吉の名を出すと、彦助が首をすくめるようにうなずいた。

「佐吉はわしらが捕らえて、伝兵衛店に連れていったのだ。そこへ、次郎造や江島たちが押し入ってきた。わしらは、佐吉を助けにきたと思ったが、その逆だった。次郎造たちは、佐吉を殺しにきたのだ。口封じのためにな」

「……！」

彦助は顔をこわばらせて源九郎を見た。体が顫えている。

「それでも、次郎造たちを庇《かば》うのか。次郎造たちがおまえのそばに来るのは、殺すときだぞ」

源九郎はそう言った後、

「次郎造たちは、その娘をどこに連れていったのだ」

と、声をあらためて訊いた。

彦助は戸惑うような顔をしたが、

「黒江町だと、聞きやした」

と、答えた。隠しても仕方がない、と思ったようだ。

「黒江町のどこだ」

黒江町というだけでは、探しようがない。

「橋の近くのようでさァ」

「どこの橋だ」

源九郎が畳み掛けるように訊いた。

「蛤町へ行く橋でさァ」

「入堀にかかる橋だな」

源九郎たちはすでにその橋を渡り、蛤町にも行ってお吟の監禁されている場所を探っていたが、つかめないでいた。

「その娘が監禁されているのは、五兵衛とかかわりのある家だな」

「どんな家か知らねえが、賭場《とば》の近くだと聞きやした」

「賭場が近くにあるのか」

「へい」

「賭場も、入堀にかかる橋の近くにあるのだな」

源九郎が、念を押すように訊いた。賭場をつきとめる方が早いのではないかと思ったのだ。

「あっしは、賭場に行ったことはねえが、橋の近くだと聞きやした」

「そうか」

源九郎が彦助の前から身を引くと、

「華町の旦那、賭場が知れたら、あっしらにも話してくだせえ」

栄造が言った。

「そうするが、お吟を助け出すのが先だぞ」

源九郎は、町方が賭場に手を入れる前に、お吟を助け出したかった。下手をすると、五兵衛たちは、お吟を始末してから逃げるかもしれない。
「村上の旦那にも話しておきやす」
栄造が、先に、お吟さんを助け出してくだせえ、と小声で言い添えた。

七

源九郎は彦助を訊問《じんもん》した翌日、菅井、孫六、茂次の三人を連れて、黒江町にむかった。お吟の監禁場所を探すためである。当初、源九郎は孫六とふたりだけで行くつもりだったが、菅井が、おれも行くと言い出したため、菅井の他に茂次も連れていくことにした。源九郎は黒江町に入ったら、二手に分かれて聞き込みにあたるつもりだった。

源九郎たちはこれまでと同じように身装《みなり》を変えて、黒江町にむかった。源九郎と菅井は、たっつけ袴で網代笠《あじろがさ》をかぶった。孫六と茂次は菅笠《すげがさ》をかぶり、風呂敷包みを背負って行商人ふうになった。

その日は、曇天だった。風がなく、うっとうしい感じがする。源九郎たち四人は、大川端沿いの通りに出ると、川沿いを南にむかった。そして、永代橋のたもとを過ぎ、熊井町に入る手前を左手におれた。その通りをしばらく歩くと、内堀にかかる八幡橋が見えてきた。その橋の先にひろがっているのが、黒江町である。

黒江町に入っていっとき歩くと、

「こっちでさァ」

そう言って、孫六が右手の通りに入った。

孫六は源九郎といっしょに何度か黒江町に来ていたので、この辺りの道筋は分かっていたのだ。

町家がごてごてとつづく道をしばらく歩くと、入堀に突き当たった。

「堀の向こうが、蛤町だ」

源九郎が、堀の先を指差して言った。

源九郎たちは堀沿いの道を東に歩くと、前方に橋が見えてきた。黒江町と蛤町をつなぐ橋である。

源九郎たちは橋の手前まで来て足をとめた。

「彦助の話だと、この橋の近くに五兵衛の賭場があるとのことだった。お吟の監禁場所は、その賭場の近くらしい」

源九郎が菅井に言った。

「まず、賭場を探すか」

「それがいいな」

「ここで、二手に分かれるか」

「五兵衛の子分たちに知れないようにな。わしらが、賭場を探っていることが知れたら、お吟の命はない」

源九郎の顔は、いつになくけわしかった。

「承知している」

菅井が言うと、そばにいた孫六と茂次がうなずいた。

源九郎たちは、一刻（二時間）ほどしたら、この場にもどることにして、二手に分かれた。

源九郎とふたりになった孫六が、

「旦那、土地の者に訊くのが早《はえ》えはずだ」

と、目をひからせて言った。孫六は岡っ引きだったころ、こうした聞き込みには何度もあたっていたのだ。

源九郎と孫六は橋に背をむけ、堀沿いの道を西にむかって歩いた。橋の近くで聞き込むと、五兵衛の子分の目にとまる恐れがあったのだ。

いっとき歩くと、ふたり連れの船頭らしい男が、こちらに歩いてくるのが目にとまった。ふたりは何やら話しながらやってくる。

「旦那、あっしが、あのふたりに訊いてみやすよ」

そう言って、孫六は源九郎から離れた。

源九郎は堀際に立ち、一休みしているようなふりをして蛤町の家並に目をやった。

孫六はふたりの男に近付くと、

「ちょいと、すまねえ」

と、声をかけた。

「何か用かい」

赤銅色《しゃくどういろ》の肌をした大柄な男が、孫六を睨むように見た。

「ヘッヘヘ、この近くにあると耳にしやしてね。兄《あに》さんたちなら、知っているとみたんでさァ」

孫六が、薄笑いを浮かべて言った。

「爺《じい》さん、何の話だ」

大柄な男が言った。声まで大きい。

「でけえ声じゃァ言えねえんで……」

孫六は、これでさァ、と小声で言って、壺《つぼ》を振る真似をした。

「手慰みかい」

もうひとりの、丸顔の男が声をひそめて訊いた。手慰みとは、博奕《ばくち》のことである。

「そうでさァ。この辺りにあると訊いてきたんだが、兄さんたちは知らねえかな。この歳になると、女より手慰みでさァ」

孫六が丸顔の男を上目遣いに見て言った。

「知ってるぜ」

大柄な男が、孫六に身を寄せてきた。目に好奇の色がある。この男も、博奕は好きなようだ。

「どこにあるんで」

「そこに、橋があるな」

大柄な男が、黒江町と蛤町をむすぶ橋を指差し、

「橋の手前に、一膳めし屋がある。その店の脇の路地を入《へえ》った先だ。……板塀をめぐらせた家が、賭場よ」

そう言った後、爺さん、手慰みもほどほどにしな、と言い残し、丸顔の男といっしょに歩きだした。

孫六はすぐに堀際に立っていた源九郎に近寄り、

「華町の旦那、賭場のある場所が知れやしたぜ」

と、うわずった声で言った。

「聞いてたよ。さすが、孫六だ。うまく聞き出したな」

「行ってみやすか」

「そうだな」

源九郎と孫六は、来た道を引き返した。

橋の近くまで行くと、道沿いに一膳めし屋があった。店の脇に、路地がある。路地沿いに小体《こてい》な店や仕舞屋《しもたや》などがあり、ぽつぽつと人影があった。いずれも町人で、土地の者らしかった。

源九郎と孫六は、路地に入った。

しばらく歩くと、辺りが寂しくなってきた。路地沿いの家はまばらになり、人通りもすくなくなった。

「旦那、あそこに、板塀をめぐらせた家がありやすぜ」

孫六が前方を指差して言った。

妾宅《しょうたく》ふうの家で、路地に面したところに吹き抜け門があった。門といっても丸太を二本立てただけの簡素なもので、門扉もなかった。

「近付いてみるか」

源九郎たちは通行人を装って、妾宅ふうの家にむかった。

ふたりは、吹き抜け門からなかを覗いただけで、足もとめなかった。どこに、五兵衛の子分たちの目がひかっているか、分からなかったからである。

源九郎は妾宅ふうの家の前を通りながら、近くにお吟が監禁されている家はないか探したが、それらしい家はなかった。

源九郎と孫六は、妾宅ふうの家から一町ほど離れたところまで歩いて、路傍に足をとめた。

「あれが、賭場らしいな」

源九郎が言った。

「賭場をひらいているようには見えねえが」

孫六が首をひねった。

「まだ、ひらくには早いのかもしれん」

「それに、近くにお吟さんを監禁しているような家は、見当たりませんぜ」

孫六が、首をひねった。

「あの家の近くにあるはずだがな」

源九郎は、妾宅ふうの家にあらためて目をやった。路地沿いには、お吟を監禁しているると思えるような家はなかった。

「どうしやす」

孫六が訊いた。

「ともかく、もどろう。菅井たちが待っているぞ」

源九郎と孫六は、足早に来た道をひき返した。

第五章　監　禁

一

その日、源九郎の家に、七人の男があつまった。長屋に住む源九郎と仲間たちである。

源九郎が、集まった菅井たちに五兵衛の賭場をつかんだことを話し、

「明日も、黒江町に行くつもりだ」

と言い添えた。

「おれも行く」

話を聞いていた安田が、身を乗り出すようにして言った。

すると、平太と三太郎も、黒江町に行くと言い出した。三太郎は傷が癒え、無

理をしなければ歩けるようになったのだ。

「それは、まずい。……まだ、お吟の監禁場所も分かっていないのだ。いま、長屋のみんなが動いて、黒江町に出掛けていることが知れたら、お吟の命がない」

源九郎は、五兵衛の子分たちに気付かれないように、お吟の監禁場所を探らねばならない、と思っていたのだ。

「長屋にこもって何もしないのでは、華町どのたちにもうしわけないからな」

安田が言うと、平太と三太郎がうなずいた。

「安田たちに、頼みがある」

源九郎が声をあらためて言った。

「なんだ」

「何事もなかったような顔をして、仕事に出てくれ」

「仕事に出るのか」

安田が聞き返した。

「そうだ。いつまでも長屋に籠《こも》って仕事をしないのは、かえっておかしいからな」

源九郎は、お吟の監禁場所をつきとめ、いよいよ助け出すことになったら、安田たちにも頼むつもりでいた。

「仕事か」

安田が渋い顔をした。

「敵を欺くためだ」

「分かった。久し振りで、口入れ屋に出掛けてみるか」

安田につづいて、

「あっしも、砂絵描きに出やす」

と、三太郎が言った。

翌日、源九郎、菅井、孫六、茂次の四人は、昼を過ぎてから長屋を出て、黒江町にむかった。源九郎たちは賭場《とば》がひらかれる夕方近くになってから、探るつもりだった。賭場に出入りする者から、話が聞けるとみたのである。

源九郎たちは、堀沿いにある一膳めし屋の近くまで来ると、

「そこの路地を入った先でさァ」

孫六が言って、先に立った。

陽は西の家並のむこうにまわっていた。まだ、上空には日中の明るさが残っていたが、家の軒下や樹陰には淡い夕闇が忍び寄っている。

路地には、まだ人影があった。遅くまで仕事をした出職の職人や一杯ひっかけたらしい若い衆などが通り過ぎていく。

源九郎たち四人は、すこし間をとって歩いた。武士体の男と町人がいっしょに歩いていると、人目を引くからである。

先にたった孫六が、路傍で枝葉を茂らせていた椿《つばき》の樹陰にまわった。源九郎、菅井、茂次の三人も、樹陰にまわって身を隠した。

「あれが、賭場でさァ」

孫六が、半町ほど離れたところにある板塀をめぐらせた妾宅《しょうたく》ふうの家を指差した。

「灯《ひ》が点《とも》っている」

菅井が声をひそめて言った。

家の戸口近くに淡い灯の色があった。かすかに人声も聞こえた。いずれも、男の声である。

「賭場はひらいているようだ」

源九郎が言った。

見ていると、路地を歩いていた職人ふうの男がふたり、吹き抜け門からなかに入っていく。賭場の客らしい。

「どうしやす」

茂次が訊いた。

「知りたいのは、お吟が監禁されている場所だ。この近くにあるはずだが」

源九郎はあらためて路地に目をやったが、それらしい家屋はなかった。

「監禁場所を知っている者に訊くしかないな。……知っているのは、五兵衛の賭場に出入りしている子分か」

菅井が板塀でかこわれた家に目をやりながら言った。

「そうだな」

源九郎も、賭場に出入りする客に訊いても、監禁場所は分からないだろうと思った。それに、下手に訊くと、お吟を助け出す前に五兵衛の耳に入り、お吟の身がどこかに移されるか、殺されるかするかもしれない。

「子分をひとり、つかまえるか」

菅井が目をひからせて言った。

「賭場に踏み込むことはできんぞ」

「出てきたところをつかまえるのだ」

子分が賭場の外へ出ることもあるはずだ、と菅井が言い添えた。

「そうするか」

源九郎は、いつになるか分からないが、賭場を見張っていれば、子分が出てくるのではないかと思った。そのとき、捕らえる機会があるかもしれない。

「もうすこし暗くなったら、板塀の陰に行きやしょう」

孫六が言った。

源九郎たちは、その場で暗くなるのを待った。ひとり、ふたりと賭場の客らしい男が、吹き抜け門から入っていく。辺りが暗くなるにしたがって、賭場の灯が明るくなったように感じられた。

しばらくすると、辺りはだいぶ暗くなった。移動しても、子分たちの目にとまらないだろう。

「塀の陰に行きやしょう」

孫六が小声で言って、先に樹陰から出た。

源九郎たちは板塀の陰の暗がりに身を隠し、板塀の隙間や節穴からなかを覗《のぞ》いてみた。

家の戸口に若い衆らしい男がふたりいた。入ってくる客になにやら言葉をかけ、戸口からなかへ案内している。ふたりは下足番らしい。

家のなかから聞こえていた男たちの談笑の声がやむと、中盆《なかぼん》らしい男の、「半方ないか、半方ないか」と半方に、駒を張るようにうながす声が聞こえた。どうやら、半丁賭博をやっているらしい。

中盆の「二六の丁」という賽《さい》の目を知らせる声が聞こえた後、男たちのどよめきの声が起こった。客は大勢いるようだ。

「盛っているようだな」

菅井が声をひそめて言った。

二

源九郎たちが板塀の陰に身を隠して、一刻（二時間）ほども過ぎたろうか。路地沿いの家々は夜陰につつまれ、人影も見られなくなった。付近の叢《くさむら》から、虫の音が喧《やかま》しいほど聞こえてきた。

そのとき、板塀の隙間から戸口を覗いていた孫六が、

「出てきた！」

と、声を殺して言った。

源九郎たちは、節穴や板塀の隙間から戸口を覗いた。

家の戸口から、遊び人ふうの男がふたり出てきた。ふたりは、吹き抜け門の方へむかって歩いていく。

「ひとりは、長屋に押し入ってきた男だぞ」

菅井が声をひそめて言った。

源九郎も、瘦身の男に見覚えがあった。その男は、江島たちと長屋に押し込んできた七人のうちのひとりである。もうひとりは若い男だった。菅井も源九郎も、若い男に見覚えがなかった。

「あのふたりを押さえよう」

源九郎たちは、音のしないように板塀沿いを路地の方へむかった。

路地に出ると、吹き抜け門からすこし離れた樹陰に身を隠し、ふたりの男が通りかかるのを待った。

頭上に月が出ていた。路地を淡い青磁色《せいじいろ》に照らしている。ふたりの男は、月光のなかに黒く浮かび上がったように見えた。辺りは静寂につつまれ、虫の音とふたりの雪駄《せった》の音だけが聞こえた。

ふたりの男は、しだいに源九郎たちに近付いてきた。源九郎は抜刀し、刀身を峰に返した。峰打ちに仕留めるつもりだった。

菅井も抜き、刀身を峰に返した。居合で抜き付け、峰打ちに仕留めることはむずかしい。いったん抜いてから、刀を持ち替えなければならないのだ。それで、菅井は刀を抜いたらしい。

ふたりの男は、源九郎たちの近くまできた。

源九郎が手で合図し、四人はいっせいに樹陰から路地に飛び出した。

源九郎と孫六がふたりの前に、菅井と茂次は背後へ――。

ふたりの男は、いきなり路地に飛び出してきた源九郎たちを目にし、ギョッとしたように、その場に立ちすくんだ。

源九郎は、抜き身を脇構えにとったまま瘦身の男に迫った。刀身が月光を反射《はね》て、銀蛇《ぎんだ》のようにひかっている。

「てめえは！　華町」

叫びざま、瘦身の男が懐に手をつっ込んだ。

瘦身の男は匕首《あいくち》を取り出し、身構えようとした。そこへ、源九郎が踏み込み、

「遅い！」

と声を上げざま、刀身を横に払った。一瞬の太刀捌《たちさば》きである。

ドスッ、という皮肉を打つにぶい音がひびき、痩身の男の上半身が前にかしいだ。源九郎の峰打ちが、男の脇腹をとらえたのだ。

これをみたもうひとりの若い男は悲鳴を上げ、反転して逃げようとした。その前に、菅井が立ちふさがった。

菅井は抜き身を脇構えにとっていた。スルスルと若い男に身を寄せ、脇構えから刀を横に払った。

菅井の峰打ちが、若い男の脇腹を強打した。男は両手で腹をおさえてよろめき、足がとまるとその場にへたり込んだ。そこへ茂次が走り寄り、若い男の両腕を後ろにとって細引で縛り上げた。

一方、孫六も痩身の男の両腕を後ろにとって、早縄をかけていた。

「猿轡《さるぐつわ》をかませよう」

源九郎が孫六に声をかけ、ふたりで痩身の男に猿轡をかますと、菅井と茂次も用意した手拭いで、若い男に猿轡をかました。

「このふたり、どこへ連れていく」

菅井が訊《き》いた。

「すこし遠いが、長屋まで連れていくか」

黒江町は、五兵衛の縄張である。いっときも早く、ふたりの男を黒江町から連れ出さねばならない。

「どうせ、これから長屋まで帰るのだ。このまま引っ張っていけばいい」

菅井が言った。

源九郎たち四人は人影のない路地をたどり、大川端の通りへ出ると、川上に足をむけた。日中は、人通りの多い大川端の道だが、いまは人影はなく、大川の流れの音だけが轟々《ごうごう》と地鳴りのように響いていた。

源九郎たちは長屋に着くと、まず若い男を源九郎の家に連れ込んだ。若い男の方が、早く吐くとみたのである。痩身の男は戸口の脇に連れていき、茂次が見張っていることになった。

深夜だった。長屋は深い夜陰につつまれ、ひっそりと寝静まっていた。赤子の泣き声が聞こえることもあったが、物音も人声も聞こえなかった。

源九郎の家の行灯《あんどん》に灯が点され、源九郎、菅井、孫六の顔を照らし出していた。

「名は、なんというな」

源九郎が若い男に訊いた。

「に、弐助《にすけ》でさァ」

弐助が声を震わせて言った。顔が恐怖にゆがみ、体が小刻みに顫《ふる》えている。

「ここが、どこか分かるか。次郎造や江島たちが連れていった、お吟という女が住んでいたところだ」

源九郎はお吟の名を出し、さらにつづけた。

「お吟は、どこに閉じ込められている」

「し、知らねえ」

弐助が声を震わせて言った。

すると、源九郎は脇に置いてあった刀を抜き、弐助を睨《にら》みつけると、

「わしは、お吟の身内の者だ。おまえたちは、わしの目の前でお吟を連れ去った。なんとしても、お吟を連れもどす」

言いざま、切っ先を弐助の頬《ほお》に当てて引いた。

ヒッ、と喉を裂くような悲鳴を上げ、弐助が凍りついたように身を硬くした。首の皮膚が薄く裂けて血が滲《にじ》み出た。

「お吟は、どこにいる」

源九郎が語気を強くして訊いた。

源九郎の顔がこわばり、目がつり上がっていた。凄《すさ》まじい形相である。いつもの源九郎とはちがう激しさがある。何としてもお吟を助け出したいという強い思いが、激烈さを生んでいるのだろう。

「し、知らねえんだ。嘘じゃァねえ。伊之助兄いたちが、女を攫《さら》ってきたことは聞いたが、どこにいるか知らねえんだ」

弐助が必死になって言った。源九郎の激烈さに圧倒されたらしい。

源九郎が弐助に伊之助のことを訊くと、いっしょにつかまった痩身の男だという。

「次郎造たちが黒江町の賭場の近くに、長屋から攫った女を連れてきたことは分かっている。どこか、女を閉じ込めておくような家があるはずだ」

源九郎が語気を強くして訊いた。

「……離れかもしれねえ」

弐助がつぶやくような声で言った。

「その離れは、どこにある」

「賭場の裏手でさァ」

弐助によると、賭場の裏手には狭い竹林があり、その竹林のなかに離れがあるという。その離れには、ふだん五兵衛の妾《めかけ》が住んでいるが、すこし離れているので、賭場の客は離れがあることすら知らないそうだ。

……そこだ！

源九郎は、胸の内で声を上げた。

三

「その妾は、黒江町の島田屋をやらせている情婦《いろ》とはちがうのか」

源九郎が声をあらためて弐助に訊いた。五兵衛は情婦に島田屋をやらせ、ふだんはそこにいると聞いていたのだ。

「ちがいやす。親分も歳だが、女の方は好きなようで……」

弐助が源九郎に目をやり、薄笑いを浮かべたが、すぐに顔をこわばらせた。自分が置かれている状況を思い出したのだろう。

「五兵衛は、島田屋と賭場を行き来しているようだな」

源九郎がそうつぶやいて弐助から身を引くと、替わって菅井が弐助の前に立った。

「賭場には、五兵衛の子分たちがいるな」

菅井が、低い声で訊いた。弐助を睨むように見すえている。

「い、いやす」

「何人ほどだ」

「賭場をひらいているときは、四、五人でさァ」

弐助によると、親分の五兵衛が賭場に来るときは、子分たちを五、六人連れてくるので、十人ほどになるという。

「五兵衛は、いつごろ賭場に姿を見せるのだ」

「暮れ六ツ（午後六時）過ぎでさァ」

弐助は、五兵衛が来るときと来ないときがあると話した。

「ふだんは、島田屋にいるのだな」

「そうで」

弐助がうなずいた。

菅井の訊問《じんもん》が終わると、弐助を外に連れ出し、伊之助を座敷に上げた。源九郎たちは、すぐに伊之助の訊問を始めた。

「賭場の裏手に、離れがあるな」

源九郎は、まず離れのことを持ち出した。お吟がそこに閉じ込められているか、伊之助に確認しようとしたのだ。

伊之助は驚いたような顔をして源九郎を見たが、

「弐助が吐きゃァがったのか」

と言って、顔をしかめた。

「そこに、お吟を閉じ込めているのだな」

源九郎の語気が強くなった。

「し、知るかい」

伊之助が、声をつまらせて言った。

「そうか。しゃべる気はないか。弐助からあらかた聞いたのでな。しゃべりたくなかったら、しゃべらなくともいい」

そう言うと、源九郎は刀を抜き、切っ先を伊之助の首筋に当てた。

「伊之助はわしらに逆らい、匕首で斬りかかってきた。それで、やむなく斬ったことにしよう」

源九郎が手にした刀を引いた。

伊之助は目を剝《む》き、首を伸ばして凍り付いたように身を硬くした。その首筋に血の線がはしり、ふつふつと血が噴いた。そして、赤い簾《すだれ》のように流れ落ちた。

「は、話す！　何でも話す」

伊之助が、声を震わせて叫んだ。

「初めからそうすれば、手荒なことをしないですんだのに」

源九郎は手にした刀を鞘《さや》に納めてから、

「離れに、お吟を閉じ込めてあるな」

と、念を押すように訊いた。

「へ、へい」

伊之助がうなずいた。

「裏の離れには、どうやって行く」

「板塀を越えるか、賭場の脇を通るしかねえ」

「そうか」

源九郎は、賭場に子分たちがいれば、板塀を越えようと思った。短い梯子《はしご》を持参すれば、簡単に越えられるはずである。

「五兵衛の子分には、武士が三人いるな」

源九郎が訊いた。次郎造たち七人が長屋に押し入ってきたとき、武士が三人いた。ひとりは、人斬り浅と呼ばれる江島浅次郎である。江島の他に、長身の武士と牢人体の男がいたのだ。

「いやす」

「牢人ふうの男の名は」

源九郎は、安田から牢人のことを聞いていた。安田の話から、牢人は江島に負けない遣い手とみていたのだ。

「笠山佐之助《かさやまさのすけ》でさァ」

「笠山はふだんどこにいるのだ」

「賭場にいるときが多いようで」

伊之助によると、笠山は客として賭場に出入りしていたが、五兵衛がその腕に目を付けて厚遇し、賭場の用心棒をするようになったという。

「すると、笠山は賭場にいることが多いのだな」

「そうでさァ」

「もうひとり、背の高い武士がいたな」

源九郎は、菅井から長身の武士の話を聞いていた。腕のほどは、菅井にも分からないということだった。

「丹波洋次郎《たんばようじろう》で」

伊之助によると、丹波も五兵衛の用心棒で島田屋にいることが多いという。島田屋で、近隣の店や客との諍《いさか》いがあると、丹波が出ていって始末をつけるらしい。ただ、丹波も博奕《ばくち》好きで、笠山と替わって賭場にいるときも少なくないそうだ。

「五兵衛は、用心深い男のようだな」

腕のたつ江島、笠山、丹波の三人を用心棒として身辺においているのだ。

「親分は深川だけでなく、両国にも縄張をひろげるつもりなんでさァ。深川から両国にまで手をひろげるには、腕のたつのが何人もいねえと、どうにもならねえ」

伊之助が低い声で言った。

「そういうことか」

源九郎は、伊之助の言うことが腑に落ちた。

此度《こたび》の件は、両国を縄張にしていた掏摸《すり》の親分の猪七を、五兵衛が腕ずくで両国から締め出そうとしたことに端を発していたのだ。

四

伊之助と弐助を捕らえて訊問した翌日、源九郎は菅井の家に長屋の仲間たちを集めた。顔をそろえたのは、いつもの七人である。

源九郎が、伊之助たちを訊問して分かったことをひととおり話してから、

「何とか、お吟を助け出したいのだ」

と、言い添えた。

「やりやしょう」

孫六が声高に言うと、菅井たち五人も、お吟を助け出すために黒江町にむかうことを承知した。

「だがな、下手をすると、返り討ちに遭《あ》うぞ」

源九郎が、五兵衛の身辺には腕のたつ武士が三人もいるし、子分たちも大勢いることを話した。

「賭場の脇から忍び込んで、ひそかにお吟を助け出すことはできないのか」

菅井が訊いた。

「むずかしいな。おそらく、お吟がとじこめられている離れには、五兵衛の妾の他に子分もいるはずだ。それに、すぐ前が賭場で、そこには笠山をはじめ、五兵衛の子分たちが大勢いる。それに、五兵衛といっしょに丹波も来るかもしれん」

「賭場がひらかれる前に、離れに踏み込んだらどうだ」

安田が口をはさんだ。

「明るいうちに、踏み込むのだな」

それも、手かもしれない、と源九郎は思った。

源九郎が、いっそのこと朝方に、踏み込んだらどうか、と話すと、安田たちはすぐに承知した。

「朝方に踏み込むのはいいが、うまくお吟さんを助け出しても、長屋まで連れてくるのが大変ですぜ。黒江町から長屋に着くまでに、五兵衛の子分たちに襲われまさァ」

孫六が顔をけわしくして言った。

つづいて口をひらく者がなく、座敷が重苦しい沈黙につつまれたとき、

「旦那、舟を使いやしょう」

と、茂次が声高に言った。

「百造《ももぞう》か！」

はぐれ長屋には、長年船頭をしていた百造という男が住んでいた。いまは歳をとって倅夫婦の世話になっている。

源九郎たちは、およしという娘が攫われた事件にあたったとき、向島《むこうじま》の料理

茶屋の離れに監禁されていたおよしを助け出し、百造の舟で長屋まで連れてきたことがあった。(「はぐれ長屋の用心棒」第三十七巻『神隠し』)

「舟なら、お吟を長屋まで連れ帰ることができるな」

源九郎は、賭場がひらかれる前に離れに踏み込み、お吟を助け出した後、舟で長屋まで連れてこようと思った。

「旦那、それに江島や次郎造を両国に引きつけておく手がありやすぜ」

孫六が身を乗り出すようにして言った。

「どんな手だ」

「栄造に話して、両国界隈《かいわい》に身を隠している次郎造や弥蔵を探ってもらうんでさァ。まだ、お縄にするのはむずかしいかもしれねえが、ふたりは黒江町には帰らず、どこかに身を隠すはずですぜ」

「うまくすれば、江島も両国界隈に足をとめさせておくことができるな」

「へい」

「孫六、今日のうちにも栄造に話してくれんか」

「承知しやした」

源九郎たちの相談は、それで終わった。源九郎たちは、明後日の早朝、百造の舟で黒江町に向かうことになった。

その日の朝、源九郎たちはまだ薄暗いうちに、はぐれ長屋を出た。そして、竪川の一ツ目橋近くにある桟橋にむかった。

百造が、桟橋に舫《もや》ってある猪牙舟《ちょきぶね》で待っていた。百造は、長年船頭をしていたことを思わせる陽に焼けた浅黒い顔をしていた。鬢《びん》や髷《まげ》は白髪が目立ったが、足腰はしっかりしている。長年、船頭で鍛えた体である。

「乗ってくだせえ」

百造が声をかけた。

古い舟ではなかった。船底には、茣蓙《ござ》が敷かれていた。百造は、むかし船頭をしていた船宿から舟を借りてきたのだろう。

「すまんな」

源九郎が声をかけ、舟に乗り込んだ。

源九郎は、後で百造に金をつつんで渡そうと思った。船宿から舟をただで借りてきたとは思えなかったし、源九郎の懐には仲間たちから飲み代として預かっている金があったのだ。多少の金を百造に渡しても、仲間たちは承知するはずだった。

つづいて、菅井たち六人が乗り込むと、

「舟を出しやすぜ」

百造が声をかけ、巧みに棹《さお》を使って桟橋から離した。

舟が桟橋から離れ、竪川のなかほどに出ると、百造は棹から艪《ろ》に持ち替えた。

舟は大川の方へむかっていく。

源九郎たちの乗る舟は、大川に出ると水押《みよし》を川下にむけた。後は川の流れに乗り、川面を滑るように下っていく。

永代橋をくぐったところで、百造は水押を深川の陸側にむけた。陸沿いにつづく町が深川相川町《あいかわちょう》で、さらに先には熊井町の家並がつづいている。

舟は熊井町沿いにしばらく進んだ後、入堀に入った。そして、大名の下屋敷の前で、左手におれた。

前方に八幡橋が迫ってきたところで、百造が右手の入堀に舟を入れ、

「この辺りから、黒江町でさァ」

と、源九郎たちに声をかけた。

見ると前方に黒江町と蛤町をむすぶ橋が見えてきた。

「百造、あの橋の近くに舟をとめられるか」

源九郎が声をかけた。

「近くに、船寄があるはずでさァ」

百造は長年船宿の船頭をやっていただけあって、この辺りの川や入堀のことを知り尽くしていた。

百造は巧みに棹をあやつって、橋の手前にある黒江町側の船寄に舟を着けた。

「百造、しばらくここで待ってもらえるか」

源九郎が訊いた。お吟を助け出したら、すぐに舟に乗せ、はぐれ長屋に帰りたいのだ。

「承知しやした」

百造が声高に応えた。

五

源九郎たちは船寄から堀沿いの通りに出ると、橋の近くにある一膳めし屋の脇の路地に入った。

まだ、明け六ツ（午前六時）過ぎて間もなかったが、路地にある店は、表戸をあけていた。ぽつぽつと人影もあった。朝の早いぼてふりや出職の職人などであろう。足早に通り過ぎていく。

源九郎たちは、すこし間をとって歩いた。通りすがりの者に、不審を抱かれないように気を使ったのである。

前方に板塀をめぐらせた妾宅ふうの家が見えてきたとき、

「あれが賭場だ」

と言って、源九郎が前方を指差した。

源九郎たちは、賭場になっている家が近付いても、足をとめなかった。まだ明け六ツを過ぎて間がなかった。賭場はしまっているはずである。

源九郎と孫六が先に吹き抜け門の前まで来て、なかを覗いてみた。家の表戸はしまっていた。ひっそりとして、物音も人声も聞こえてこない。

源九郎は家にだれかいても、昨夜泊まった子分か三下《さんした》が何人かいるだけだろうと踏んだ。それも、いまごろは熟睡しているはずである。

「入るぞ」

源九郎は後続の菅井たちに声をかけ、吹き抜け門からなかに入った。

源九郎たちは足音を忍ばせ、家の戸口から脇にまわった。そのとき、家のなかから話し声と物音が聞こえた。男のくぐもったような声である。

……何人かいるようだ。

と、源九郎は思った。

源九郎たちは家の脇を通り過ぎ、裏手にまわった。裏手にはつつじの植え込みや紅葉《もみじ》などの庭木があった。その先に離れがあった。思ったより大きな家で、四、五部屋ありそうだった。戸口の板戸はしまっている。

「離れにも、いるぞ」

菅井が小声で言った。

離れのなかから、障子をあけしめする音と話し声が聞こえた。男と女の声だった。男は乱暴な物言いで、遊び人ふうだった。五兵衛の子分であろうか。

源九郎たちは、離れの戸口に身を寄せた。

そのときだった。賭場になっている家の背戸があく音がし、

「おい！　離れの前に、男たちがいるぞ」

と、男の声が聞こえた。

源九郎が振り返って見ると、賭場になっている家の背戸から遊び人ふうの男が顔をのぞかせている。

「大勢だ！　離れに踏み込むつもりだぞ」

　男が大声で怒鳴った。

　すると、賭場になっている家のなかで、男の叫び声や障子をあけしめするような音が聞こえた。そして、背戸があき、男が四人飛び出してきた。長身の武士がひとり、他の三人は遊び人ふうの男だった。

　長身の武士は、丹波ではあるまいか。昨日島田屋には帰らず、賭場になっている家に泊まったらしい。

「おい、こっちに来るぞ！」

　菅井が声を上げた。

「おれが、やつらを迎え撃つ。みんなは、お吟さんを助け出してくれ」

　安田が言うと、

「おれも、ここに残る」

　菅井も、賭場になっている家の方に体をむけた。相手は四人だった。安田ひとりでは後れをとるとみたのかもしれない。

「わしは、お吟を助けにいく」

　源九郎は離れの引き戸をあけた。

土間の先に狭い板敷きの間があり、その先に障子がたててあった。だれかいるらしく、ひとのいる気配がした。

源九郎は土間に踏み込んだ。すると、孫六と茂次がつづき、ふたりの後から平太と三太郎も踏み込んできた。

そのとき、障子の向こうで、

「だれか、入《へえ》ってきたぞ！」

という男の叫び声がし、いきなり障子があいた。

小袖を裾高《すそだか》に尻《しり》っ端《ぱし》折《よ》りし、両脛《りようずね》をあらわにした男がふたりいた。ひとりは素手だが、もうひとりは匕首を手にしている。

「大勢だ！」

匕首を手にした男が叫んだ。

すると、奥の部屋から男と女の声が聞こえた。女の声は、お吟のものではなかった。五兵衛の妾《めかけ》かもしれない。

「踏み込むぞ！」

源九郎は抜刀し、抜き身を手にしたまま板間に上がった。孫六たち四人がつづいた。孫六と平太は十手を手にし、茂次と三太郎は匕首を握っている。

「きやがった！」

ひとりの男が匕首を源九郎にむけたが、腰が引けていた。手にした匕首が、小刻みに震えている。

もうひとりの男は、右手の廊下に飛び出した。そのまま裏手に逃げるつもりらしい。

源九郎はすばやい動きで、匕首を手にした男に迫った。

男は逃げようとしたが、源九郎が年寄りとみて侮ったのか、

「老いぼれ、腰がまがってるぜ」

と揶揄《やゆ》するように言い、手にした匕首を威嚇《いかく》するように振り上げた。

この一瞬の動きを、源九郎がとらえた。すばやい動きで、踏み込みざま袈裟《けさ》に斬り込んだ。この神速の動きに、男は対応できなかった。匕首を手にしたまま身を引こうとしたところを、源九郎の切っ先がとらえた。

ギャッ！

と絶叫を上げ、男がよろめいた。

男の肩から胸にかけて小袖が裂け、あらわになった肌から血が噴いた。男は血を撒《ま》きながらよろめき、足がとまると腰からくずれるように倒れた。

源九郎は倒れた男にかまわず、血刀を引っ提げたまま廊下に飛び出した。お吟の居場所をつきとめ、助け出さねばならない。

源九郎の後に、孫六たち四人がつづいた。

六

源九郎は廊下に出ると、奥に走り、次の部屋の障子をあけはなった。

女がいた。年増《としま》である。女は血刀を手にした源九郎の姿を目にすると、悲鳴を上げ、ひき攣《つ》ったような顔をして後じさった。

……五兵衛の妾か！

と源九郎は思ったが、座敷に踏み込まなかった。いまは、お吟を助け出すのが先である。

源九郎は次の部屋の前まで行き、障子をあけはなった。

「お吟！」

源九郎が叫んだ。

部屋の隅に、お吟がいた。お吟のそばにふたりの男がいた。お吟の前に立ちふさがっているひとりは、先ほど戸口近くの部屋から逃げてきた男である。匕首を手にし、歯を剝き出して源九郎を睨んでいる。

もうひとりは、大柄な男だった。左手でお吟の腕をつかみ、右手に握った匕首をお吟の首にむけている。

お吟は後ろ手に縛られていた。ふたりの男は、ここに監禁されていたお吟を他の部屋に連れていこうとしていたようだ。

お吟は、座敷に入ってきた源九郎を見ると、

「旦那ァ！」

と声を上げ、身をよじるようにして男の手から逃れようとした。

……やつれた！

と、源九郎は思った。

お吟のふっくらした色白の頰は、肉が落ちてこわばった感じがした。目も落ち窪《くぼ》んでいる。監禁されているとき、ひどい扱いを受けたにちがいない。

思わず、源九郎は、お吟、と声をかけ、近付こうとした。

「老いぼれ、動くな。この女の命はねえぜ」

大柄な男が、手にした匕首をお吟に突き付けて言った。

「お、おのれ！」

源九郎は怒りに顔をゆがめたが、その場から動くこともできなかった。座敷に入ってきた孫六たちも、手が出せなかった。四人は十手や匕首を手にしたままなす術《すべ》もなくつっ立っている。

「勝次《かつじ》、老いぼれのだんびらを取り上げろ」

大柄な男が、匕首を手にした男に声をかけた。勝次という名らしい。

「ざまあねえや」

勝次は、薄笑いを浮かべて源九郎に近付いてきた。そして、左手を伸ばして源九郎の刀を取ろうとした。

そのときだった。お吟が、大柄な男の匕首をつかんだ腕に嚙み付いた。

「痛《いて》え！」

男は手にした匕首を取り落とした。

お吟は、よろけながら源九郎のそばに来ようとした。

それを目にした勝次が、

「この女《あま》！」

と叫びざま、お吟めがけて匕首を横に払った。

匕首の切っ先が、お吟の右袖を斬り裂き、あらわになった腕から血が噴いた。

白い腕が赤い牡丹《ぼたん》のように染まっている。

「おのれ！」

源九郎が踏み込みざま、袈裟に斬り込んだ。

怒りの一刀が、勝次をとらえた。

ギャアッ！

と絶叫を上げ、勝次が身をのけぞらせた。肩から胸にかけて斬り裂かれ、赤くひらいた傷口から血が奔騰《ほんとう》した。

勝次は血を撒き散らしながらよろめいた。そして、足がとまると、腰からくずれるように転倒した。

これを見た大柄な男は、逃げようとして座敷から飛び出した。その後を、茂次、平太、三太郎の三人が追った。孫六は座敷に残り、すぐにお吟の両手を縛った細引を解いてやった。

源九郎がお吟に歩を寄せると、

「旦那ァ……」

お吟が、源九郎に抱き付いてきた。

源九郎は、左腕でお吟を抱き締めた。お吟は源九郎の胸に顔を押しつけ、肩を震わせてすすり泣いた。右の上腕から流れ出た血が、源九郎の左袖を赤く染めていく。

……娘のようだ。

源九郎は、お吟が自分の娘のように思えた。ふいに瞼《まぶた》が熱くなり、涙が出そうになった。

源九郎はお吟を抱き締めながら、胸の内で、お吟もわしのことを父親のようにみているのかもしれない、と思った。

そういえば、お吟がまだ若い娘だったころ父親の栄吉が殺され、その後ずっと、源九郎は浜乃屋に出入りしてきた。ときには父親のように接し、お吟の相談に乗ったり、お吟の身を守ったりしてきた。源九郎とお吟は独り暮らしの男と女だったので、欲情が押さえきれずにいかがわしい関係になったこともある。だが、ふたりの間には、いつも親子のような情愛があったのだ。

そのとき、戸口の方で、菅井の気合と男の絶叫がひびいた。菅井たちが、賭場になっている家から出てきた男たちと闘っているらしい。

「お吟、腕を見せろ」

源九郎は身を引いてそう言い、お吟の右腕に目をやった。

お吟の右の二の腕が真っ赤に染まり、傷口から血が流れ出ている。源九郎はすぐに懐から手拭いを取り出し、お吟の右腕に巻き付けて傷口を覆った。源九郎の指先が、お吟の血で赤く染まっている。

「お吟、これで大事ないぞ」

源九郎が言うと、お吟は、左腕で源九郎の袖をつかみ、

「だ、旦那ァ……」

と、声をつまらせて言った。お吟の目が涙で濡れている。

源九郎は、お吟を連れて戸口にむかった。丹波たちと闘っている菅井と安田のことが気になったのだ。

七

菅井は、丹波と対峙《たいじ》していた。

ふたりの間合は、およそ三間――。まだ一足一刀の斬撃の間境の外である。

丹波は上段に構えていた。切っ先を天空にむけ、刀身を垂直に立てていた。その刀身が朝陽を映じ、淡い黄金色《こがねいろ》にひかっている。

対する菅井は左手で刀の鯉口《こいぐち》を切り、右手を柄《つか》に添えていた。居合の抜刀体勢

をとっていたのだ。

菅井は、丹波の上段の構えを見て、

……遣い手だ！

と、察知した。丹波の上段の構えは、隙がなく、上から覆いかぶさってくるような威圧感があった。

ただ、菅井は臆さなかった。己の居合の抜き付けの迅《はや》さに、自信があったのである。

菅井と丹波は全身に気勢を込め、斬撃の気配を見せて気魄《きはく》で敵を攻めていたが、丹波が先に動いた。

「いくぞ」

と、丹波が声を上げ、足裏を摺《す》るようにして菅井との間合をつめ始めた。

対する菅井は、動かなかった。気を静めて、丹波の斬撃の起こりと間合を読んでいる。居合にとって、敵との間合の正確な読みと抜刀の迅さが何より大事だった。居合は抜き付けの一刀の迅さに勝負を賭《か》けるが、切っ先がとどかなかったら、どうにもならない。二の太刀の威力は、半減するのだ。

ジリジリと、丹波が迫ってきた。菅井は居合の抜刀体勢をとったまま、抜き付けの一刀をはなつ機をうかがっている。

このとき、安田は三人の男と対峙していた。いずれも遊び人ふうの男で、それぞれが匕首を手にしている。三人は獲物に迫る野犬のような目をしていた。安田は、三人のなかにひとりだけ見覚えのある男がいた。はぐれ長屋に踏み込んできた七人のうちのひとりである。後で分かったのだが、この男は重造《しげぞう》という名だった。

安田の前に立ったのは、重造だった。匕首を顎《あご》の下に構え、背をすこし丸めていた。いまにも飛び掛かってくるような気配がある。

左手には、ずんぐりした体軀《たいく》の男が立ち、右手には小柄な男がまわり込んできた。ふたりとも、匕首を手にして身構えている。

安田は青眼に構え、剣尖《けんせん》を正面に立った重造の目線につけていた。どっしりと腰の据わった隙のない構えである。

……左手からくるな。

と、安田は読んだ。

左手の男の寄り身が、他のふたりより速かった。それに、いまにも飛び掛かってきそうな気配がある。

安田は切っ先を正面の男にむけながらも、左手の男との間合と気の動きを読んでいた。相手の三人は腕がたつとは思えなかったが、侮れない相手である。それぞれが、野犬が獲物に襲いかかるような動きをし、死角になる場から攻撃してくるからだ。

……あと、一歩！

安田は、左手の男が一歩踏み込めば、切っ先のとどく間合に入ると読んだ。

左手の男が一歩踏み込んだ。刹那《せつな》、安田の全身に斬撃の気がはしった。

タアッ！

安田は鋭い気合を発し、左手に体をひねりながら刀を一閃《いっせん》させた。

袈裟へ――。

安田の切っ先が、左手の男の右の前腕をとらえた。

ギャッ、と悲鳴を上げ、男は後ろによろめいた。手にした匕首が地面に落ち、右腕がだらりと垂れ下がった。

安田の動きは、それでとまらなかった。正面にいた重造が、安田の果敢な攻撃にたじろいだ一瞬をとらえて踏み込んだ。

鋭い気合とともに、安田は刀身を横に一閃させた。

ザクリ、と重造の小袖が、右袖から胸にかけて横に裂け、あらわになった右の二の腕と胸に血の線がはしった。

重造は血を撒きながらよろめいた。

これを見たもうひとりの小柄な男は、恐怖に顔をゆがめて後じさり、安田との間合があくと、悲鳴を上げて逃げだした。

安田は逃げる男にかまわず、菅井に目をやった。

ちょうど、菅井が鋭い気合とともに抜き付けの一刀をはなったところだった。

気合とともに、菅井の腰元から逆袈裟に閃光《せんこう》がはしった。

刹那、上段に構えていた丹波が袈裟に斬り下ろした。

逆袈裟と袈裟——。

一瞬迅く逆袈裟にはなった菅井の一刀が、丹波の右の二の腕をとらえ、丹波の切っ先は菅井の胸元をかすめて空を切った。

次の瞬間、菅井と丹波は大きく後ろに跳んで間合をとった。

丹波の右腕が裂け、血が噴いている。

菅井は抜いた刀を脇構えにとり、丹波はふたたび上段に構えた。

「い、居合が、抜いたな」

丹波が顔をしかめて言った。

居合は抜刀すれば、納刀するまで遣えない。ただ、丹波の上段に構えた刀身も揺れていた。菅井に右腕を斬られ、右肩に力が入っているのだ。

「おぬしも、その腕では、まともに刀が遣えまい」

菅井が低い声で言い、脇構えにとったまま摺り足で丹波との間合をつめ始めた。

菅井は脇構えから、居合の抜刀の呼吸で逆袈裟に斬り上げるつもりだった。

丹波も動いた。上段に構えたまま間合をつめ始めたのだ。

ふたりの間合が、一気にせばまった。

あと一歩で斬撃の間境に踏み込むところまで迫ったとき、ほぼ同時にふたりの全身に斬撃の気がはしった。

ふたりの裂帛《れっぱく》の気合がひびき、二筋の閃光がはしった。

逆袈裟と袈裟――。

菅井の切っ先が、丹波の脇腹から胸にかけて斬り裂き、丹波の切っ先は菅井の小袖の肩先を斬り裂いた。

丹波は呻《うめ》き声を上げてよろめいた。

菅井は一歩身を引き、ふたたび脇構えにとった。

丹波の脇腹から血が流れ出、ひらいた傷口から臓腑《ぞうふ》が覗いている。一方、菅井の肩に血の色はなかった。小袖を裂かれただけである。丹波は右肩に力が入り過ぎていたため、切っ先の伸びが足りなかったのだ。

丹波は手にした刀を取り落とし、両腕で脇腹を押さえてうずくまった。

菅井は丹波に身を寄せ、

「とどめだ！」

と声を上げ、刀を一閃させた。

ひとは腹を斬られただけでは、簡単に死なない。臓腑を溢《あふ》れさせたまましばらく生きていることになる。とどめを刺してやるのが武士の情けである。

にぶい骨音がし、丹波の頭が前に落ちた。菅井は丹波の喉皮だけを残して、斬首したのである。

そこへ、安田が走り寄った。

「見事だ」

安田が感嘆して言った。

「それより、華町たちは、お吟を助けたかな」

菅井は、血刀を引っ提げたまま離れの戸口に目をやった。

戸口に源九郎とお吟、それに孫六が立っていた。お吟は無事なようだ。

菅井と安田が源九郎たちの方へ歩きだしたとき、戸口から茂次たちがあらわれた。いずれも、傷を負った様子はなかった。

第六章　朝駆け

一

「華町の旦那、いやすか」

戸口で孫六の声が聞こえた。

源九郎がいるのは、はぐれ長屋の菅井の家だった。黒江町に出掛け、お吟を助け出してから二日経っていた。お吟はまだ浜乃屋に帰らず、源九郎の家で寝起きしていた。

「いるぞ」

源九郎が声をかけた。

すぐに腰高障子があいて、孫六と栄造が顔を出した。

「栄造もいっしょか。入ってくれ」

源九郎が声をかけると、孫六と栄造が土間に入ってきた。

栄造は座敷で茶を飲んでいた源九郎と菅井に目をやり、

「お吟さんを助け出したと、聞きやした」

そう言って、表情をやわらげた。

「長屋のみんなのお蔭だ。……ところで、栄造、何かあったのか」

栄造は何か話があって、長屋に来たのだろう、と源九郎はみた。

すると、栄造の脇に立っていた孫六が、

「栄造や村上の旦那たちが、弥蔵をお縄にしたそうでさァ」

と、身を乗り出すようにして言った。

「なに、弥蔵を捕らえたと」

源九郎が声高に訊《き》いた。

「へい」

栄造が答えると、黙って聞いて菅井が、

「ともかく、上がってくれ。いろいろ話があるだろう」

そう言って、栄造と孫六を座敷に上げた。

源九郎は、栄造たちが座敷に腰を落ち着けるのを待ってから、

「よく、弥蔵の居所が分かったな」

と、声をあらためて訊いた。

「へい、笹菊を張ったときに、前から目をつけていた宇吉《うきち》ってえ掏摸《すり》が姿を見せたんでさァ。そいつの跡を尾《つ》けて、弥蔵の隠れ家をつかみやした」

栄造によると、村上が捕方を連れて隠れ家にむかい、弥蔵といっしょにいた数人の子分を捕らえたという。

「次郎造は、いっしょではないのか」

「それが、次郎造は隠れ家にいなかったんでさァ」

栄造が捕らえた宇吉に訊くと、次郎造は、黒江町の五兵衛のところに戻っているのではないかと話したそうだ。

「すると、江島も黒江町にいるのだな」

「そうみてやす」

「黒江町の五兵衛たちを何とかしないと始末はつかないわけか」

源九郎が顔をけわしくして言った。

「村上の旦那も、五兵衛をお縄にしたいようです」

「うむ……」

源九郎はいっとき虚空に目をむけて黙考していたが、

「うかうかしては、いられないぞ」

そう言って、座敷にいた男たちに目をやった。

菅井、孫六、栄造の三人は、けわしい顔をして源九郎の次の言葉を待っている。

「五兵衛は、賭場《とば》と離れを襲われ、お吟がわしらの手で助け出されたことを知ったはずだ。つづいて、両国にむけていた弟分の弥蔵が、町方の手で捕らえられた。五兵衛は、次はおれの番だと思うはずだ」

「そうだな」

菅井がうなずいた。

「五兵衛は、黒江町の島田屋から姿を消すのではあるまいか」

五兵衛が島田屋から姿を消し、どこかに身を隠したら簡単には見つけられない、と源九郎は思った。

「すぐに、手を打ちやしょう」

孫六が、身を乗り出して言った。

「ともかく、島田屋を見張り、五兵衛がいるかどうか探らねばならないな。……いまから、わしらは黒江町にむかおう」

源九郎が言うと、菅井と孫六がうなずいた。

「あっしは、どうしやす」

栄造が訊いた。

「村上どのに会って、すぐに島田屋に捕方を向けられるよう話してくれ」

「旦那、すぐと言っても、今日明日というわけにはいきませんぜ」

栄造が困ったような顔をした。

「分かっている。ともかく、村上どのに事情を話してくれ。それに、捕縛のおりは、わしらもくわわるつもりだ」

源九郎は、村上たちが捕縛にあたるときに、偶然店の前を通りかかったので、手を貸した、ということにして捕方にくわわるつもりだった。そうすれば、村上の顔をつぶすこともないだろう。

「承知しやした」

栄造は立ち上がり、これから、村上の旦那と会ってきやす、と言い残し、戸口から足早に出ていった。

「孫六、すぐに長屋にいる安田たちを集めてくれ。それから、百造にも話して舟を頼もう」

源九郎は、今日のうちに黒江町まで行って、まず島田屋に五兵衛たちがいるかどうか確かめようと思った。

「へい！」

孫六は、慌てた様子で戸口から出ていった。

それから、小半刻（三十分）ほどすると、菅井の家に五人の男が顔をそろえた。源九郎、菅井、安田、孫六、平太である。茂次と三太郎は、朝から仕事に出て長屋にはいなかったという。

源九郎は、新たに顔を見せた安田と平太に事情を話し、

「これから、黒江町まで行くつもりだ」

と、言い添えた。

すると、安田が大きくうなずいてから、

「おれも、早く手を打った方がいいと思っていたのだ」

と、顔をけわしくして言った。

二

源九郎たち五人は、それぞれ身を変えた。これまで、黒江町に出掛けるときに変装したのと同じ恰好《かっこう》である。

源九郎たちがはぐれ長屋を出たのは、昼近くなってからだった。安田たちを集めたり、百造に舟を頼んだり、身を変えたりして手間取ってしまったのだ。

源九郎たちが、竪川の一ツ目橋近くにある桟橋に行くと、百造が猪牙舟《ちょきぶね》に乗って待っていた。

源九郎は舟に乗り込むと、

「百造、すまんな」

と、声をかけた。

「華町の旦那たちには、いつも世話になってるんだ。舟を出すぐれえ、何でもねえ」

百造はそう言って、舟を桟橋から離した。

源九郎たちの乗る舟は、お吟を助け出したときと同じように大川を下り、入堀をたどって黒江町にむかった。

ただ、今回は入堀にかかる八幡橋近くの船寄に舟をとめた。そこからの方が、門前通り沿いにある島田屋まで近かったのだ。

「すまぬが、舟で待っててくれんか」

源九郎が百造に声をかけた。

「承知しやした」

百造はそのつもりだったらしく、すぐに船梁《ふなばり》に腰を下ろし、煙管《キセル》を取り出した。一服やるつもりらしい。

源九郎たちは、堀沿いの道から八幡橋のたもとに出た。

そこは門前通りで、大勢の参詣客や遊山《ゆさん》客で賑わっていた。源九郎たちは、門前通りを東にむかって歩いた。

いっとき歩くと、前方に一ノ鳥居が見えてきた。島田屋は一ノ鳥居の手前にある。源九郎たちは、島田屋が見えるところまで来て路傍に足をとめた。

「さて、どうするな」

源九郎が菅井たちに声をかけた。

「店に入って訊くわけにはいかねえなァ」

孫六が言った。

「どうだ、店から出てきた客をつかまえて、様子を訊いてみたら」

と、安田。

「そうだな」

源九郎も、島田屋の常連客から訊けば、五兵衛がいるかどうか分かるのではないかと思った。

「それにしても、五人もでここに立って、客が出てくるのを待つことはないな。それに、大勢だと人目につく」

源九郎は、二手に分かれようと思った。

源九郎たちはその場で話し、源九郎と孫六がこの場に残り、菅井、安田、平太の三人は島田屋からすこし離れた場所で、聞き込みにあたることにした。

源九郎と孫六は、通り沿いにある土産物を売る店や小間物屋などを覗《のぞ》くふりをして、島田屋から話の聞けそうな客が出てくるのを待った。

それから小半刻（三十分）も経ったろうか、小間物屋の店先から島田屋に目をやっていた孫六が、

「旦那、出てきやしたぜ」

と、声をひそめて言った。

見ると、商家の旦那らしい男がふたり島田屋から出てきた。ふたりで飲みながら商談でもした帰りであろうか。何か話しながら、通りを八幡宮の方へむかって歩いていく。

「あのふたりに、訊いてみよう」

源九郎と孫六は、すぐにふたりの後を追った。

そして、ふたりの男が島田屋から離れるのを待って、孫六が後ろから追いつき、

「ちょいと、すまねえ」

と、声をかけた。

源九郎は孫六からすこし間をとって、孫六とはかかわりのないようなふりをして歩いた。武士体の源九郎が商家の旦那ふうの男と歩いていては、行き交うひとの目を引くと思ったのである。

「てまえに、何か」

でっぷり太った赤ら顔の男が、訝《いぶか》しそうな顔をして孫六を見た。

「ちょいと、訊きてえことがありやしてね。……なに、てえしたことじゃァねえんでさァ」

孫六は、歩きながらでいい、とふたりの男に話し、

「いま、ふたりが、島田屋から出てきたのを目にしやしてね」

と、小声で言った。

「てまえたちは、島田屋さんからの帰りですが」

赤ら顔の男が言うと、いっしょにいたほっそりした男が、ちいさくうなずいた。まだ、顔に不審そうな色がある。

「あっしは、島田屋さんにいる五兵衛の旦那に、世話になったことがあるんでさァ。近くに来たもんで、立ち寄ってみようかと思ってるんだが、五兵衛の旦那は店にいやしたか」

孫六が、懐かしそうな顔をして訊いた。

「いましたよ」

赤ら顔の男が素っ気なく言った。

「五兵衛の旦那に、何か変わったことはありやしたか」

「変わったことと言われても、てまえたちは遠くから、旦那の顔を見かけただけですからね」

赤ら顔の男が言うと、もうひとりの男が、

「変わった様子はなかったですよ」

と、脇から口をはさんだ。

それから孫六は、それとなく遊び人ふうの男や牢人体の男を見かけなかったか訊いたが、ふたりは首を横に振っただけだった。

孫六がふたりの男と離れると、源九郎が身を寄せ、

「五兵衛が、島田屋にいることは知れたな」

と、孫六に声をかけた。

それから、ふたりは島田屋の店先の見える路傍に立ち、店から出てきた何人かの客に訊いたが、五兵衛が店にいるらしいことしか分からなかった。

源九郎と孫六が路傍に立って、島田屋のことを訊き始めてから一刻（二時間）ほど過ぎたろうか。菅井たち三人が、もどってきた。

五人は路傍に立っていると人目につくので、百造の待っている船寄にむかいながら話すことにした。

「五兵衛は、島田屋にいるようですぜ」

孫六がそう切り出し、聞き込んだことをかいつまんで話すと、

「それで、菅井たちは何か知れたか」

と、源九郎が訊いた。

「はっきりしたことは分からないが、島田屋に江島と笠山もいるようだ」

安田によると、一ノ鳥居の先まで行って、歩いていた遊び人ふうの男を呼びとめて、話を訊いたという。

その男が、江島と笠山を知っていて、ふたりが島田屋の脇から店に入っていくのを見たと話したそうだ。

「江島たちは、店の脇から出入りしているようだ」

安田が言い添えた。

つづいて、菅井が、島田屋の近くで次郎造の姿を見かけた者がいることを話した。

「どうやら、島田屋に五兵衛をはじめ、主だった子分たちが集まっているようだ」

源九郎が言った。

「華町の旦那、やつらが集まってるのは、黒江町から姿を消すためかもしれやせんぜ」

孫六が顔をけわしくして言った。

「わしも、そんな気がする」

源九郎はすぐにも島田屋に捕方をむけなければ、五兵衛たちを取り逃がす恐れがあるとみた。

三

その日、源九郎たちが百造の舟ではぐれ長屋に帰ったのは、町木戸のしまる四ツ（午後十時）近くになってからだった。それまで、黒江町に残って島田屋を見張っていたのである。

五兵衛たちに、動きはなかった。島田屋はふだんと変わりなく商売をつづけていた。

翌日、昼近くなってから、菅井、安田、茂次、三太郎の四人だけが、黒江町にむかった。島田屋を見張るためである。

一方、はぐれ長屋に残った源九郎は、栄造を通して村上と会い、島田屋に五兵衛をはじめ江島や次郎造などが集まっていることを話し、

「今日、明日にも、五兵衛たちは島田屋から姿を消すかもしれぬ」

と、言い添えた。

黙って話を聞いていた村上が、

「そういうことなら、明日にも捕方を黒江町にむけよう。ただ、捕方の人数はすくなくなるぞ」

と、顔をけわしくして言った。

村上によると、巡視の途中五兵衛たちの姿を目にしたので、急遽《きゅうきょ》捕方を集めて捕縛にあたったことにするという。

「わしらも、いっしょに踏み込もう。……五兵衛たちに逃げられたら、長屋の者も枕を高くして寝られなくなるからな」

五兵衛たちに、いつ長屋を襲われるか分からず、長屋の者は不安のなかで毎日を過ごすことになるだろう。それに、お吟を浜乃屋に帰すこともできない。

「明日の何時《なんどき》ごろ、島田屋に踏み込む」

源九郎が、村上に訊いた。

「早朝だな」

村上によると、富ケ岡八幡宮の門前通りにある料理屋に踏み込むには、客のいないときがいいという。日中賑やかなときに踏み込めば、大勢の参詣客や遊山客が集まり、大騒ぎになるそうだ。

「あした賑やかな通りに捕方をむけるのは、まだ店のひらかない明け方がいい。通りすがりの者もすくないからな」

「村上どのの指図に、したがおう」

村上は、定廻り同心として長く経験を積んだだけのことはある、と源九郎は思った。


翌朝、源九郎は暗いうちに起き、菅井とともに一ツ目橋近くの桟橋にむかった。百造が、深川まで舟を出してくれることになっていたのだ。

桟橋には、百造の他に、孫六と三太郎の姿があった。安田、茂次、平太の三人は、あらためて昨夜のうちに黒江町へむかっていた。いまごろ、島田屋を見張っているはずである。

源九郎たちが舟に乗り込むと、

「舟を出しやすぜ」

と、百造が声をかけて桟橋から舟を離した。

源九郎たちの乗る舟は、夜陰のなかを大川に出て、水押《みよし》を川下にむけた。頭上に月が出ていたので、明かりはなくとも舟を進めることができた。

舟は大川から入堀に入り、この前と同じ八幡橋近くの船寄にとめた。

「百造、ここで待っていてくれ」

源九郎は、百造に声をかけてから船寄に下りた。

源九郎たちが堀沿いの道に出ると、平太の姿があった。そこで、源九郎たちを待っていたらしい。

「平太、島田屋の様子はどうだ」

すぐに、源九郎が訊いた。

「変わった様子はありません。五兵衛も江島たちも店にいるようでさァ」

平太が、昂《たかぶ》った声で言った。

「そうか。ともかく、八幡橋まで行ってみよう」

源九郎たちは、橋のたもとで村上たちと顔を合わせることにしてあったのだ。

源九郎たちは堀沿いの道を通り、八幡橋のたもとに出た。そこに、栄造をはじめ、十人ほどの岡っ引きや下っ引きと思われる男たちが集まっていた。村上が集めた捕方たちらしいが、村上の姿はなかった。

栄造がすぐに源九郎たちのそばに来て、

「旦那、面倒をかけやす」

と、声をかけた。

「村上どのは、まだか」

源九郎が訊いた。

「そろそろ来るはずでさァ」

栄造が八幡橋の先に目をやって言った。

村上は夜明け前に八丁堀を出たはずだが、まだ着かないらしい。

それからいっときし、橋の先に目をやっていた栄造が、

「来やした！　村上の旦那が」

と、声を上げた。

見ると、村上が十人ほどの捕方を連れて急ぎ足でこちらにむかってくる。捕方は、村上が使っている小者《こもの》、中間《ちゆうげん》、それに岡っ引きと下っ引きたちであろう。

村上も捕方たちも、捕物装束ではなかった。ふだん、町を歩いているときの恰好である。ただ、六尺棒や突棒《つくぼう》などの捕物道具を持っている者もいた。突棒は、刺股《さすまた》、袖搦《そでがら》みとともに捕物三道具と呼ばれる物である。

村上は源九郎たちのそばに来ると、

「どうだ、島田屋に五兵衛たちはいるか」

すぐに、訊いた。村上も、五兵衛たちがいるかどうか気になっていたのだろう。

「いるようだ」

源九郎が言った。

村上はうなずき、東の空に目をやった後、

「店に向かうぞ」

と、集まった捕方たちに聞こえる声で言った。

まだ、辺りは淡い夜陰に染まっていたが、東の空には曙色《あけぼのいろ》がひろがっていた。いっときすれば、明らんでくるだろう。

源九郎たちが先にたって、島田屋にむかった。門前通りに人影はなく、夜の静寂《しじま》につつまれていた。通り沿いの店も表戸をしめている。

前方に島田屋が見えたとき、安田と茂次が走り寄った。源九郎が島田屋の様子を訊くと、変わったことはない、と安田が応えた。

「それに、店の脇から奥へむかえば、背戸からも踏み込めるぞ」

安田が言い添えた。

安田によると、島田屋が寝静まった後、店の脇から裏手にもまわってみたという。

「行ってみよう」

源九郎たちは、島田屋の店の前に着いた。店は淡い夜陰につつまれ、ひっそりと寝静まっている。

四

辺りが白んできた。東の空の曙色がひろがり、頭上で輝いていた星もそのひかりを失いつつあった。島田屋の輪郭が薄闇のなかにはっきりと見え、戸口の植木や格子戸などが色彩を取り戻していた。

門前通りの店はまだひらかなかったが、朝の早い店からは灯《ひ》が洩《も》れている。

「そろそろだな」

村上が源九郎に、背戸から十人ほどの捕方を踏み込ませたい、と口にした。

すると、源九郎が安田に、

「捕方といっしょに、背戸にまわってくれ」

と、声をかけた。

「承知した」

安田が応えると、すぐに栄造をはじめとする十人ほどの捕方が、安田と茂次のそばに集まってきた。村上は裏手からの侵入も考えて、栄造たちに話してあったらしい。

安田と茂次が先にたち、捕方たちがつづいた。安田たちの一隊は、島田屋の脇から裏手にむかった。

「おれたちは、表から入るぞ」

村上が残った捕方たちに声をかけた。

村上が先にたち、島田屋の入口にむかった。格子戸がしめてある。源九郎や菅井たちは、村上の背後についた。

店のなかはひっそりとして、人声も物音も聞こえなかった。こうした料理屋は夜が遅いので、店の者はまだ眠っているのだろう。

村上が格子戸を引いたが、あかなかった。心張り棒がかってあるらしい。

村上は捕方のなかに突棒を手にしている者を目にし、

「突棒で、ぶち壊せ！」

と、声をかけた。

すぐに、捕方のひとりが格子戸の前に来て、突棒を突き出した。バリッ、という大きな音がし、格子の一部が破れた。捕方は破れた格子の間から手をつっ込んで、かけてあった心張り棒をはずした。そして、格子戸を引くと、すぐにあいた。

「踏み込むぞ」

村上が捕方たちに手を振った。

村上に数人の捕方がつづき、その後から源九郎、菅井、孫六、平太、三太郎の五人が踏み込んだ。

店のなかは、薄暗かった。土間の先に狭い板敷きの間があり、その先が座敷になっているらしく障子がたててあった。右手に二階に上がる階段があり、左手に帳場と廊下があった。帳場に、人影はなかった。廊下は奥の座敷につづいているらしい。

そのとき、帳場の奥で物音と人声がした。そこに、部屋があるようだ。男の声であることは分かったが、何を話しているかは聞き取れなかった。格子戸をぶち破った音で、寝ていた男が目を覚ましたのだろう。

「捕れ！」

村上が捕方たちに声をかけると、十手を手にした捕方たちが、次々に板敷きの間に踏み込んだ。

すると、廊下で足音がし、男がふたり姿を見せた。ふたりとも寝間着姿だった。

「捕方だ！」

「踏み込んできやがった！」

ふたりの男は大声で叫び、踵《きびす》を返すと、奥にむかって廊下を走った。

ドタドタと廊下を走る音がひびき、奥で男たちの怒声や物音が聞こえた。寝ていた男たちが起きだしたらしい。

村上につづいた捕方たちが、御用！　御用！　と声を上げ、まず突き当たりの障子をあけはなった。そこは、座敷になっていたが、人影はなかった。捕方たちは座敷に踏み込み、さらに、先にある座敷にむかった。

源九郎たち五人は、左手の廊下にむかった。五兵衛、江島、笠山の三人の居場所をつかみ、自分たちの手で捕縛するなり、斬るなりしたかった。捕方が江島と笠山を捕らえようとすると、大勢の犠牲者がでるとみたのである。

帳場の奥の座敷で、何人もの男の声と夜具を撥《は》ね除《の》けるような物音がした。目を覚ました五兵衛の子分たちではあるまいか。

源九郎たちが廊下の奥へむかったとき、帳場の奥の座敷から、数人の男が廊下に飛び出してきた。

「江島がいるぞ！」

菅井が声を上げた。

廊下に出てきたのは、四人の男だった。いずれも寝間着姿である。そのなかに、江島の姿があった。他の三人は、店の若い衆か五兵衛の子分であろう。

廊下に出た男たちが、「来たぞ！」「五人だ！」「他にもいるぞ！」などと口々に声を上げ、奥へ逃げるような素振りを見せた。

「江島は、わしがやる」

源九郎は、長屋で江島と切っ先を合わせたときから、この男はわしが斬る、と心の内で決めていたのだ。

そのとき、店の裏手の方で、男たちの怒声と床を踏む音、捕方の御用！　御用！　という声などが聞こえた。裏手から、安田たちの一隊が踏み込んだのだ。

すると、廊下の奥に、さらに数人の男の姿が見えた。裏手の部屋にいた男たちが、表にむかって逃げてきたらしい。

「おい、笠山だぞ！」

菅井が叫んだ。

裏手から姿をあらわした男たちのなかに、総髪の牢人体の男がいた。笠山である。笠山は寝間着姿で、刀を手にしていた。

「座敷から逃げるぞ！」

笠山たちは廊下沿いにあった部屋の障子をあけはなち、座敷に踏み込んだ。表からくる源九郎たちと背後からくる安田たちに、狭い廊下で挟み撃ちになるとみて、座敷づたいに逃げる気らしい。

源九郎たちが廊下に残った江島たちに近付くと、

「おれが、笠山を斬る！」

菅井は、左手の障子をあけて座敷に踏み込んだ。菅井は座敷づたいに逃げてくる笠山たちを迎え撃つつもりらしい。

菅井の後に、平太と三太郎がつづいた。平太は十手を、三太郎は匕首《あいくち》を手にしている。

五

源九郎は抜刀し、廊下の前方にいる江島にむかった。

江島は近付いてくる源九郎の姿を目にすると、手にしていた刀を抜き、鞘《さや》を廊下の隅に捨てた。江島のそばにいた三人は、奥へ逃げようとしたが、すぐにその足がとまった。裏手から踏み込んできた安田たちの姿を目にしたらしい。

源九郎は江島と対峙《たいじ》すると、

「今日こそ、決着をつけてやる」

と言いざま、青眼に構えて剣尖《けんせん》を江島の目線につけた。腰の据わった隙のない構えである。

江島は無言のまま八相に構えた。体を廊下の左手に寄せ、以前立ち合ったときより、刀身を立てていた。廊下は狭く、刀身を寝かせると、切っ先で座敷の障子を斬り裂くことになるのだ。

源九郎と江島の間合は、およそ二間半――。立ち合い間合としては近かった。どうしても、屋内では間合がせまくなる。

源九郎と江島は、すぐに動かなかった。ふたりとも全身に気勢を込め、斬撃の気配を見せて相手を気魄《きはく》で攻めている。

だが、ふたりの気攻めは長くつづかなかった。そのとき、裏手に逃げようとした若い衆のひとりが、安田の峰打ちをあびて絶叫を上げた。

その絶叫で、源九郎と江島をつつんでいた剣の磁場が劈《つんざ》かれ、源九郎と江島に斬撃の気がはしった。

イヤアッ！

タアッ！

ふたりは鋭い気合を発しざま、体を躍らせた。

江島が八相から袈裟《けさ》へ。

一瞬遅れて、源九郎は青眼から突き込むように籠手《こて》へ斬り込んだ。

江島の切っ先は源九郎の胸をかすめて空を切り、源九郎の切っ先は江島の右の前腕をとらえた。江島の踏み込みが浅く、切っ先がとどかなかったが、源九郎は前に伸びた江島の右腕を狙ったため、とらえることができたのだ。

次の瞬間、源九郎と江島は背後に跳び、ふたたび青眼と八相に構え合った。

源九郎は江島の右の前腕から血が流れ落ちているのを見て、

「江島、勝負あった。刀を引け！」

と、声をかけた。

「まだだ」

江島が、源九郎を睨《にら》むように見すえて言った。双眸《そうぼう》が底びかりし、顔が赭黒《あかぐろ》く染まっている。全身に闘気が漲《みなぎ》り、手負いの獣のような凄《すご》みがあった。

……相打ちを狙ってくる！

と、源九郎はみた。

江島が先《せん》をとった。八相に構えたまま 趾《あしゆび》 を這《は》うように動かし、ジリジリと間合を狭めてきた。

対する源九郎は、動かなかった。気を静めて、江島との間合と斬撃の起こりを読んでいる。

江島は痺《しび》れるような殺気をはなち、源九郎に迫ってきた。八相の構えに、巨岩が迫ってくるような威圧感があった。

ふいに、江島の寄り身がとまった。斬撃の間境の一歩手前である。

江島は全身に激しい気勢を込め、いまにも斬り込んできそうな気配を見せた。気魄で攻め、源九郎の気を乱してから斬り込もうとしているのだ。

そのとき、源九郎が青眼に構えた切っ先を、つッと前に突き出した。斬り込むとみせた誘いである。

次の瞬間、江島の全身に斬撃の気がはしった。

イヤアッ！

江島が裂帛《れっぱく》の気合を発し、八相から袈裟へ斬り込んできた。

だが、源九郎は江島の太刀筋が見えていた。一歩引いて、江島の切っ先をかわすと、袈裟に払った。一瞬の太刀捌《たちさば》きである。

源九郎の切っ先が、江島の首をとらえた。

江島の首筋から、激しく血が飛び散った。バラバラと音をたてて、血が障子に飛び散って赤く染めた。まるで、赤い花弁を撒《ま》き散らしたようである。

江島は廊下をよろめき、足がとまると、腰からくずれるように転倒した。廊下に伏臥《ふくが》した江島は、這おうとでもするかのように四肢を動かしたが、いっときすると動かなくなった。絶命したようである。

源九郎は、その場から逃げた三人の男に目をやった。三人は、裏手から踏み込んできた安田たちに取り押さえられている。

一方、菅井は座敷で笠山と対峙していた。

菅井は右手で刀の柄《つか》を握り、居合腰に沈めていた。居合の抜刀体勢をとったのだ。対する笠山は下段に構えていた。全身に覇気がなく、ぬらりと立っている。構えというより、刀身を前に垂らしているだけに見えた。それでいて、隙がなかった。

……この構えか！

菅井は、安田から笠山の下段の構えのことを聞いていたのだ。

笠山は目を細め、

「居合か」

とつぶやき、先をとった。

笠山は足裏で畳を摺《す》るようにして、ジリジリと菅井との間をつめてくる。

菅井は気を静めて、笠山との間合と斬撃の起こりを読んでいた。居合は抜き付けの一刀に勝負をかける。そのため、抜き付けるときの敵との間合は大事だった。切っ先がとどかなければ、どんなに迅《はや》く斬り込んでも敵を倒すことができない。

笠山は下段に構えたまま、菅井が居合で抜き付ける間合に迫ってきた。

……あと、一歩！

と菅井が読んだとき、笠山の寄り身がとまった。

ふいに、笠山は下段から切っ先を上げ始めた。切っ先が上がるにしたがって、笠山の全身に気勢が満ち、斬撃の気配が高まってきた。

すこしずつ上がってきた笠山の切っ先が、菅井の腹のあたりでとまった。次の瞬間、笠山の全身に斬撃の気がはしり、一歩踏み込んだ。

……笠山が抜刀の間合に入った！

菅井が感知した刹那《せつな》、全身に抜刀の気がはしった。

タアッ！

鋭い気合とともに、菅井が抜き付けた。

シャッ、という抜刀の音とともに閃光《せんこう》が逆袈裟にはしった。

迅い！

まさに、稲妻のような抜き付けの一刀である。

刹那、笠山も斬り込んだ。立ったまま、鋭く刀身を横に払った。一瞬の反応である。

菅井の切っ先が、笠山の右の二の腕をとらえた。笠山の袖が裂け、あらわになった腕から血が奔騰《ほんとう》した。

笠山の切っ先も、菅井の右袖を斬り裂いたが、腕まではとどかなかった。

次の瞬間、ふたりは大きく背後に跳び、菅井は脇構えにとり、笠山は下段に構えた。笠山の右腕から血が流れ出ている。

「居合が抜いたな」

笠山は口許に薄笑いを浮かべた。だが、目は笑っていなかった。追い詰められた獣のような目の色である。

笠山は下段に構えたまま間合をせばめてきた。菅井が抜刀したので、居合は遣えないとみたのであろう。

笠山は、斬撃の間境に迫るや否や仕掛けた。

下段から切っ先を菅井の胸の辺りまで上げると、いきなり気合を発して突きをみまった。だが、突きに鋭さがなかった。

間髪をいれず、菅井は左手に踏み込みざま、脇構えから刀身を横に払った。

笠山の突きは空に流れ、菅井の切っ先は笠山の脇腹を深く抉《えぐ》った。

笠山は前に泳ぎ、足がとまると、反転した。まだ、立っている。手にした刀はだらりと垂れたままである。

「とどめだ！」

叫びざま、菅井が袈裟に斬り込んだ。

菅井の切っ先が、笠山の首根から胸にかけて深く斬り裂いた。笠山は血を撒きながらよろめき、足がとまると腰からくずれるように転倒した。

俯《うつぶ》せになった笠山は四肢を痙攣《けいれん》させていたが、いっときすると動かなくなった。息の音が聞こえない。

「菅井の旦那！」

平太が声を上げ、三太郎とともに菅井の許に走り寄った。

菅井は目をつり上げ、歯を剝《む》き出し、荒い息を吐いていた。顎《あご》のしゃくれた顔が赭黒く染まっている。般若のような形相である。

「華町はどうした」

菅井が訊いた。

「江島を討ちとったようです」

平太が、昂った声で言った。

六

源九郎と菅井たちは、島田屋の入口近くの座敷にもどった。そこに、村上と十人ほどの捕方が集まっていた。

源九郎と菅井が、江島と笠山を討ち取ったことを話した後、

「五兵衛はどうした」

と、源九郎が訊いた。

「それが、見当たらないのだ」

村上によると、一階の帳場近くの座敷をくまなく探したが、五兵衛の姿はなかったという。

「そういえば、次郎造もいなかったぞ」

菅井がそう言ったとき、安田たちが座敷に入ってきた。

「安田、五兵衛と次郎造を見かけなかったか」

すぐに、源九郎が訊いた。

「いや、見なかったぞ」

安田が言うと、いっしょにいた茂次もうなずいた。

「二階では、ないか」

源九郎たちは、まだ二階を見ていなかった。

「二階だな」

菅井が細い目をひからせて言った。

「行ってみよう」

村上が先にたった。

源九郎たちがつづき、さらに栄造たち捕方が十人ほど後についた。

階段を上がると、長い廊下がつづいていた。左手が客を入れる座敷になってい
た。右手には雨戸がたててある。

廊下の突き当たりに、板戸がたててあった。その先に、一階に通じる別の階段
があるのかもしれない。

廊下の左手につづく座敷はひっそりとして、ひとのいる気配はなかった。源九
郎たちは奥へむかいながら、念のために障子をあけてみたが、どれも客を入れる
座敷らしく、ひとの姿はなかった。

「だれもいないぞ」

菅井が客のいない座敷を覗《のぞ》きながら言った。

「どこかに、いるはずだ。女将《おかみ》のおしげの姿もないからな」

源九郎は、五兵衛の情婦《いろ》である女将の名が、おしげであることを聞いていたの
だ。

源九郎たちは、座敷を調べながら廊下の突き当たりまで来た。どの座敷にも、
五兵衛と次郎造の姿はなかった。

「この先は、どうなっているのだ」

菅井が廊下の突き当たりの板戸をあけた。

そこは、横につづく短い廊下になっていた。その廊下沿いに、襖がたててあった。座敷があるらしい。

……ここだ！

五兵衛はここの座敷に身を隠し、江島や次郎造をはじめとする子分たちに指図していたのではないか、と源九郎は思った。

村上が襖をあけはなった。

座敷に、大柄な男と年増《としま》の姿があった。大柄な男は、老齢で赤ら顔をしていた。目がギョロリとし、寝間着のはだけた襟の間から太鼓腹が覗いている。

座敷の隅に枕屏風がたててあり、その陰に布団が敷いてあった。大柄な男と年増は、そこで寝ていたらしい。

大柄な男が身を顫《ふる》わせながら、

「おまえさんたちは、だれです」

と、目をつり上げて訊いた。

年増は、両手で襟元を合わせて身を顫わせている。

源九郎と菅井が、村上につづいて座敷に踏み込んだとき、座敷の隅に置いてあった簞笥《たんす》の陰から人影があらわれ、廊下へ飛び出そうとした。

「次郎造だ！」

源九郎たちにつづいて座敷に入ろうとしていた安田が叫んだ。

次郎造は、まだ寝間着姿だった。源九郎たちが島田屋に踏み込んだ後、次郎造は二階にいる五兵衛に知らせるために、捕方たちの目を逃れて二階に上がったのではあるまいか。

「次郎造を押さえろ！」

村上が叫んだ。

戸口近くにいた安田と孫六、それに数人の捕方が次郎造を取り巻いて畳の上に押さえつけた。

「ちくしょう！」

次郎造は、なおも身をよじって逃れようとしたが、孫六が次郎造の両腕を後ろにとって早縄をかけた。

「おまえが、五兵衛だな」

村上が、大柄な男に訊いた。

「て、てまえは、五兵衛という名ではございません」

大柄な男が、声を震わせて言った。

「五兵衛じゃァねえのかい」

「は、はい、てまえは嘉兵衛《よしべえ》です」

大柄な男はそう言って、脇にいる年増に、「おれは、嘉兵衛だな」と念を押すように言った。

すると、年増は怯《おび》えるような目をし、

「よ、嘉兵衛さんです」

と、声を震わせて言った。

この年増が、五兵衛の情婦で、島田屋の女将でもあるおしげであろう。

「嘉兵衛か。それなら、おめえの左腕を見せてみな」

そう言って、村上は大柄な男を見すえた。

「……！」

大柄な男の顔が、ひき攣《つ》ったようにゆがんだ。

大柄な男が逃げようとして後じさると、両脇から踏み込んだ栄造と捕方のひとりが、男の両腕と肩先をつかんだ。そして、栄造が男の左腕をつかみ、寝間着の袖をたくし上げた。すると、男の二の腕に彫られた般若の入墨があらわれた。

「その入墨が、般若の五兵衛と言ってるぜ」

村上が、五兵衛に縄をかけろ、と栄造たちに声をかけた。

栄造と捕方のひとりが、手早く五兵衛の両腕を後ろにとって早縄をかけた。

島田屋での捕物は終わった。

五兵衛と次郎造を捕らえ、手向かいした江島と笠山を源九郎たちが討ち取った。さらに五兵衛の子分たちと情婦のおしげも捕らえた。

「上々の首尾だ」

村上が満足そうに言った。

源九郎たちも、肩の荷が下りたような気がした。猪七の依頼どおり、両国から五兵衛たちを排除することができたし、お吟の身を守ることもできたのだ。

七

「ねえ、旦那、もう一杯」

お吟が甘えるような声で銚子を差し出した。

「一杯もらうかな」

源九郎は猪口《ちょく》に酒をついでもらった。

源九郎は、菅井とふたりで浜乃屋に来ていた。源九郎がやることもなく、はぐれ長屋の自分の家でごろごろしていると、菅井が顔を出し、

「華町、どこかで一杯やらないか」

と、声をかけた。

「飲みたいがな、懐が寂しいのだ」

源九郎たちが島田屋に踏み込み、五兵衛たちを捕らえてから一月ほど過ぎていた。源九郎は、猪七からもらった金のほとんどを使い果たし、懐には銭がわずかに残っているだけだった。

「今日な、広小路の見世物ですこしばかり金が入ったのだ」

菅井が言った。

「行こう」

源九郎は、すぐに立ち上がった。

菅井は亀楽に行こうと言ったが、

「お吟のところがいい。お吟がどうしているか、ついでに見てきたいのだ」

そうしたやり取りがあって、源九郎は無理やり菅井を浜乃屋に引っ張ってきたのだ。

「菅井の旦那も、どうぞ」

お吟は、菅井にも銚子をむけた。

「うむ……」

菅井は仏頂面《ぶっちょうづら》をして猪口を差し出した。

「どうだな、お吟、店の方はうまくいっているかな」

源九郎が訊いた。

「客ももどったし、店はうまくいってるんです。……でも、まだ心配で」

お吟が不安そうな顔をして、源九郎と菅井を見た。

「何が心配なのだ」

「五兵衛たちです。大番屋から出てきたら、また五兵衛たちに掴《つか》まってどこかへ連れていかれるような気がして……」

お吟が、眉《まゆ》を寄せて言った。お吟は気丈な女に見られがちだが、寂しがり屋で気の弱いところもある。

源九郎はお吟に、五兵衛たちは町方に捕らえられて、南茅場《みなみかやば》町《ちょう》にある大番屋に連れていかれたと話してあったのだ。

「お吟、その心配はないぞ。捕らえられた五兵衛も次郎造も観念したらしく、町方の調べに隠さず話すようになったというからな」

源九郎は、三日前、長屋に姿を見せた栄造から五兵衛たちの吟味の様子を聞いていたのだ。

栄造の話によると、五兵衛と次郎造は捕らえられた当初、まったく口をひらかなかったという。ところが、いっしょに捕らえられた子分たちが白状したことを知って、話すようになったそうだ。

「五兵衛はな、深川から両国まで縄張をひろげようとしたらしい。そのために、まず両国を縄張にしていた猪七たちを始末しようとしたわけだ」

「……」

お吟は、口をとじたままちいさくうなずいただけだった。掏摸《すり》のことは触れて欲しくなかったのかもしれない。

「ねえ、旦那、捕らえられた五兵衛たちはどうなるんです」

お吟が小声で訊いた。

「どうなるかな。まア、斬首はまぬがれまいな」

五兵衛と次郎造は掏摸や博奕《ばくち》だけでなく、お京と八吉殺しにもかかわっていたとみていい。獄門ということもあるだろう。

お吟が、不安そうな顔をして口をつぐんでいると、

「ところで、猪七はどうした。その後、まったく顔を見てないが」

源九郎が訊いた。

「猪七さん、わたしがこの店にもどってから、一度顔を見せたんです。……猪七さん、掏摸の足を洗って、古着屋を始めるって言ってましたよ」

お吟が声をひそめて言った。

「そうか」

源九郎は、猪七も掏摸から足を洗った方がいいと思っていた。

菅井はつまらなそうな顔をして、源九郎とお吟のやり取りを聞いていたが、

「お吟は、ひとりで、この店をつづける気なのか」

と、妙に真面目《まじめ》な顔をして訊いた。

「そのつもりだけど」

お吟が、菅井に顔をむけた。

「長屋に越してくる気はないのか」

「伝兵衛店に」

お吟が、身を乗り出すようにして訊いた。

「そうだ」

「だって、あたし、ひとりじゃァ……」

そう言って、お吟がチラッと源九郎に目をやった。

源九郎は、慌てて視線をそらせた。

「ひとりが嫌なら、華町といっしょに暮らせばいい」

菅井が平然として言った。

「い、いや、それはまずい」

源九郎は声をつまらせた。

「なにがまずいのだ」

「お、お吟は、まだ若いし、わしは見たとおりの年寄りだ」

源九郎の顔が赤くなった。

菅井は、あらためて源九郎の顔を見て、

「たしかに、お吟は、華町の娘といってもいい歳だな。いや、孫かな」

そう言って、ニヤリと笑い、さらにつづけた。

「やはり、このままでいいか。華町がお吟といっしょに暮らすようになったら、将棋に誘いづらくなるからな」

「菅井の旦那は、将棋ばっかり。あたし知ってたんですよ。長屋にいるとき、華町の旦那が、わたしのところに顔を出さないのは、菅井の旦那が将棋に誘っているせいだって」

お吟が不服そうな顔をした。

「い、いや、華町がな、おれを将棋に誘うもので、仕方なく」

菅井が、戸惑うような顔をした。

「将棋に誘ったのは、菅井の旦那です」

お吟の声が、急にきつくなった。

ふたりのやり取りを聞いていた源九郎は、お吟といっしょに暮らすようになったら、尻に敷かれそうだ、と思った。

……銭のあるとき、飲みにくるぐらいが、ちょうどいいのかもしれんぞ。

源九郎は胸の内でつぶやき、手にした猪口の酒を飲み干した。

双葉文庫

と-12-51

はぐれ長屋《ながや》の用心棒《ようじんぼう》
源九郎《げんくろう》の涙《なみだ》

2017年8月9日　第1刷発行

【著者】
鳥羽亮《とばりょう》

【発行者】
稲垣潔

【発行所】
株式会社双葉社
〒162-8540 東京都新宿区東五軒町3番28号
［電話］03-5261-4818(営業)　03-5261-4833(編集)
www.futabasha.co.jp
(双葉社の書籍・コミックが買えます)

【印刷所】
慶昌堂印刷株式会社

【製本所】
株式会社若林製本工場

【表紙・扉絵】南伸坊
【フォーマット・デザイン】日下潤一
【フォーマットデジタル印字】飯塚隆士

ISBN978-4-575-66844-5 C0193
Printed in Japan